level.16

さよならの訳さえ僕らは知らないままで

十文字 青

イラスト＝白井鋭利

Grimgar of Fantasy and Ash

Presented by Ao jyumonji / Illustration by Eiri shirai

Level. Sixteen

復活した鐘が鳴り響く
オルタナの街――。
辺境軍から支給された
服を纏った仲間が集う。

「大丈夫？　もう痛くない？　ハル？　どう？」
「……あ、うん、だ、大丈夫、……です」

灰と幻想のグリムガル level.16

さよならの訳さえ僕らは知らないままで

十文字 青

OVERLAP

イラスト／白井鋭利

1．彼女がいた

デッドヘッド監視砦《とりで》は四辺を防壁に囲まれていて、砦の本体から三基の監視塔が突きだしている。ハルヒロはそのうちの一基に入りこんで螺旋《らせん》階段を上っていた。

メリイが言うには、かつてハルヒロと仲間たちはデッドヘッド監視砦攻略戦に参加した。ということは、この螺旋階段を上り下りしたこともあるのか。まるで覚えがないし、何の感慨もわいてこない。先入観が一切ないので、今、見えているもの、聞こえる音、その他の手がかりに集中できる。そんなふうに考えられなくもない。きっとそう受け止めたほうがいいのだろう。

前向き、肯定的、というよりも、現実は現実として、そのまま受け容《い》れるしかない。

いったいどういうことなんだろう、とか。

なんでこんなことに、とか。

もう勘弁してよ、とか。

なんだか、何もかもいやになってきちゃったな、とか。

正直、そんな気分になったりもする。人間だもの。あたりまえだ。

けれども、それらはまさしく気分でしかない。気分はその時々で変わる。移ろいゆく。

そうしたものにいちいち振り回されていてもしょうがない。

大切な、たぶんとても大切だったに違いない人を失って、心に大きな穴があいている。その穴をじっと覗《のぞ》きこんでいると、悲しい、つらい、やりきれない、といったような気分にとらわれる。いっそのこと、この穴に飛びこんでしまおうか。そんな馬鹿げた思いつきが頭をよぎったりもする。人間だもの。やむをえない。

だからハルヒロは、自分の心の中にできた穴にはなるべく視線を向けないようにしている。つい見てしまったら、そっと目をそらす。決して凝視してはならない。

螺旋階段を上りきると、円形の部屋に出た。ここが最上階だ。窓から四方を見渡せる。この部屋には、――いや、この部屋にも、人っ子一人、人以外の何ものもいない。

「……だろうなとは思ってたけど」

生き物どころか、机や椅子のような調度類すら見当たらない。端のほうに樽《たる》や木箱がいくつか転がっている。一応確かめてみたが、樽も木箱もすべて空だった。

そこそこ高い天井の隅に、ハッチ、とでも言えばいいのか、四角い扉らしきものがある。あのハッチから屋上に出られるのではないか。でも、背が届かない。

ハルヒロは木箱と樽を積んで踏み台にし、ハッチを引き開けた。約一メートル四方の狭い縦穴の壁面に、鉄の梯子《はしご》が据え付けられている。縦穴の先は行き詰まっているが、おそらくまたハッチか何かで塞がれているのだろう。

梯子をよじ登る。といっても、縦穴の深さというか高さは二メートルもない。

突き当たりはやはりハッチだった。押し開けると、案の定、屋上に出ることができた。屋上からは砦全体が、そして、周囲の荒れ地や南の森、さらにはオルタナ、その隣の丘にそびえ立つ開かずの塔まで望める。

このデッドヘッド監視砦は、もともとオークが占領していて、四年だか五年だか前にアラバキア王国辺境軍と義勇兵団が攻め取った。そして先ごろ、二ヶ月近く前にふたたびオークに奪い返された。

この砦からオルタナまでは、五キロ以上、六キロは離れている。たかが六キロだ。オーク、ひいては諸王連合は、敵である人間をずっと監視してきた。基本的には見張るだけだったようだ。あまり手を出してこなかったのは、人間なんぞそれほどの脅威ではない、と考えていたからなのか。諸王連合の中核であるオーク、不死族《アンデッド》の本拠地から遠く離れている、という事情もあったのかもしれない。オルタナに近いダムローにはゴブリン、サイリン鉱山にはコボルドもいる。オークは、デッドヘッド監視砦やリバーサイド鉄骨要塞に兵を配置していた。人間族が本格的な北上を企てず、オルタナに留《とど》まるなら、わざわざ大兵力を送りこんで攻め滅ぼすまでもない。人間など取るに足らない存在だ。そう見なされていたのかもしれない。

監視塔は三基ある。隣の監視塔の屋上に何者かが上がってきた。

何者かも何も、あの汚らしい無精髭《ひげ》の男は、アラバキア王国遠征軍の斥候兵ニールだ。

「おぉーい」

ニールがハルヒロに気づいて手を振ってみせる。なぜ笑顔なのか。気色悪い。いや、むかついたら負けだ。ああいう男は淡々と接したほうがいい。

「どうですか、そっちは」

「おまえのほうと同じだよ。おそらくな」

「デッドヘッド監視砦はもぬけの殻ですね」

「隅から隅まで調べ尽くしても、えるものは少なそうだ。帰るか」

「はい」

遠征軍のオルタナ攻略戦は、デッドヘッド監視砦にオークがいる、という前提で実行に移された。従って、可及的速やかに終わらせる必要があった。途中でデッドヘッド監視砦からオークの部隊が救援に駆けつけてきたらどうするのか。その場合は北門を開けない。オークを入れないようにする。そうした対応策もあらかじめ立てられていた。

結局、デッドヘッド監視砦のオークは動かなかった。

それどころか、デッドヘッド監視砦にいたはずのオークたちが、戦いが終わるころには消えていた。

外から見た限りでは影も形もないが、情報によるとデッドヘッド監視砦には五百程度のオークが駐留していたらしい。遠征軍にしてみれば無視できないどころか、大きな脅威だ。

いないと思って安心していたら、じつは中に潜んでいて、わっと出てきた、などということになったら目も当てられない。

そんなわけで、盗賊のハルヒロと斥候兵のニールがデッドヘッド監視砦に派遣されたのだが、オークはやはり姿を消していた。その行方まではわからない。

ひょっとしたら、探せとか、見つけだせとか、指図されるかもしれない。そう考えると、今から憂鬱だ。ハルヒロとしても、オークなんかどうだっていい、これっぽっちも気にならない、とまでは思っていないのだが、あまり仲間と離れたくない。なるべく仲間たちと一緒にいたほうがいいのではないか。そんな気がする。

ジン・モーギス。

あの赤毛の将軍はそうとうな野心家だ。目的のためには手段を選ばない。利用できるものは何でも利用する。用済みになればあっさり切り捨ててしまう。

世界は広い。そういう人間もいるのだろう。べつにいたっていいし、他人の生き方に口を差し挟もうとは思わない。

ただ、一つ問題がある。

どうやら将軍は、ハルヒロたちを利用しようとしているらしい。それどころか、現在進行形で利用されている。ハルヒロがなぜ、ニールと二人でデッドヘッド監視砦にいるのか。派遣された。将軍に命令されたのだ。

監視塔から下りて、防壁の外でニールと落ち合った。

「オークってのは、なかなか手強《てごわ》い種族だと聞いてたんだがな。存外、腰抜けなのか」

「彼らがどこに行ったのかにもよりますね。逃げたわけじゃないのかもしれないし」

「まあ、物資も遺棄してねえからな。慌てて移動したって感じじゃねえ。ゴブリンと比べたら、統制がとれてそうだな」

ニールは人を食ったような男だ。でも、将軍の前だと、恭しいを通り越してへりくだった態度をとる。

なんでも、天竜山脈を越えた先、アラバキア王国本土の南部では、蛮族との熾《し》烈《れつ》な戦いが続いている。ジン・モーギスは十年以上、南部で蛮族と悪戦苦闘し、その功績が認められて、黒い猟犬《ブラックハウンド》とかいう特別な部隊を任された。

黒い猟犬《ブラックハウンド》の主任務は、蛮族と戦うことではない。脱走兵を捕まえる。あるいは、処刑する。軍の規律を維持するための必要悪なのかもしれないが、それにしてもおぞましい。

ニールもその黒い猟犬《ブラックハウンド》に所属していたのだという。将軍にしてみれば子飼いの部下だ。親しそうには見えない。ニールは誰よりも将軍を恐れている。そうも思える。

「さぁて。行くか、ハルヒロ」

ニールが歩きだす。この男の前を歩く気にはなれない。真後ろだと警戒される。ハルヒロはニールの斜め後ろにつけて足を進めた。

「へっ」

と、ニールがわずかに肩を揺らして低い笑い声を立てたので、訊《き》かなければいいのに、つい訊いてしまった。

「……何ですか」

ニールはちらりと振り返った。

「優秀だな」

無精髭まみれの頬がゆがみ、口の端が持ち上げられている。

相手にしないほうがいい。しゃべりたくもない。ハルヒロがそう思っていても、ニールは違うようだ。

「先生がよかったんだろうな。手取り足取り仕込んでもらったんだろ」

そう言ってまた笑ってみせるこの男は、いったい何がおかしいのか。おかしいことなんて何もない。なぜ笑えるのか。ちっともおかしくないのに。

ハルヒロは歩くペースを乱さずに、ゆっくりと呼吸をした。お見通しだ。ニールはわざと人の神経を逆なでしようとしている。そんなことをして、何が楽しいのか。何の意味があるのか。理解できないが、ハルヒロはニールではない。まったく別の人間だ。幸いなことに。斥候兵と盗賊は似ているものの、二人の間にはそれくらいしか共通点はない。理解できなくて当然だろう。

荒れ地を抜けて、森に入った。

ニールが足を止めた。

「しかし、残念だな」

ニールの前に出たくないから、ハルヒロも立ち止まらざるをえない。

何がですか、と尋ねたりはしなかった。ハルヒロはもう口を開くつもりはない。

「いい女だったのに」

ニールは顔を半分ハルヒロのほうに向けて、同意を求めるように、

「なあ？」

と両腕を広げてみせた。

「もったいねえ。くたばっちまうなら、無理やりにでもやっときゃよかったぜ。やったら情が移って、ちょっとは泣けたかもしれんな。こう見えて、俺は――」

抑えよう、抑えよう、と思っていたのに。

バルバラ先生だったら、きっと余裕を持ってやりすごすだろう。そんなに知らないんだけどさ。バルバラ先生のこと。

だって、覚えてないから。

忘れてしまったんだ。

それもまた悔しい。

押しとどめようとしていた感情が堰《せき》を切って溢《あふ》れ、瞬間的に爆発した。本当に一瞬の出来事だった。

ハルヒロはニールの脇をすり抜けて背後に回りこんだ。ニールが反応するより早く、右の膝裏に右踵《かかと》を差し入れる。ほぼ不意打ちだ。膝の裏側に強い力を加えられて、抵抗できる者はめったにいない。体勢を崩したニールの首に両腕を絡めて引き寄せ、裸絞めに持ちこんだ。

このまま一気に失神させることも、ハルヒロにはできる。それどころか、絶命させることさえ不可能ではない。

首を絞めるのではなく、武器を抜いていたら、どうなっていたか。ハルヒロはたぶん、ニールを仕留めていただろう。

とっさに殺さなかった。すんでのところで、理性が働いたのか。

「すみません」

ハルヒロはニールが抗《あらが》いはじめる前に裸絞めを解いた。

「頭に血が上って、つい……」

ニールを突き放し、あとずさりする。自分の顔をしきりと手や腕でこすった。

かっとなって、取り返しがつかないことをしでかすところだった。自分にもこんな面があったのか。気をつけないといけない。

「てめえ……」

ニールはハルヒロを睨《にら》みつけ、短剣の柄《つか》に手をかけた。額に青筋を立てている。逆ギレされても。

「……いや、でも、今のはそっちが悪いでしょ。バルバラ先生は、おれの、……何だろうな、まあ、恩師っていうか」

「何が恩師だ。いい仲だったんだろうが」

「べつに信じてくれなくてもいいけど、違います」

おそらく、違う、――と思う。

ハルヒロは覚えていないわけだから、百パーセント、何もなかった、とは言いきれないのだが。

ない、ような気がする。ないはずだ。ない、……よね？

仮に何かあったのだとしても、やっぱりなかったのだとしても、同じことだ。

バルバラ先生はもういない。

死んでしまった。

正直、こんなときに、こんなところでか、と思わずにはいられない。

鼻の奥がつんとして、目頭が熱くなる。

よりにもよって、ニールなんかの前で泣きそうになるなんて。最悪だ。

「……お願いします。やめてください。バルバラ先生のことは、もう……」

ハルヒロは下を向いた。これは泣いてしまうかな、とも思ったのだが、そうでもないのか。悲しいのに。泣きたいことは泣きたい。でも、どうしてか、うまく泣けない。

「母親がくたばったわけでもあるまいし」

ニールは吐き捨てるように言って歩きだした。

ハルヒロたちと違って、グリムガルで生まれたニールには、当然、両親がいる。いや、ハルヒロたちにも産みの親はいるに違いないが、一切覚えていない。

ニールの母親は健在なのだろうか。なんとなく、すでに亡くなっているのではないかと感じた。

ニールみたいな男でも、母親が死んだときは悲しんだのだろう。そうでなければ、母親がくたばったわけでもあるまいし、という言葉はきっと出てこない。

「母親、か」

ハルヒロはニールのあとを追いながら、苦笑する。

本当に苦い。

苦すぎて、泣きたいのに、笑うしかない。

もしハルヒロが、あなたはお母さんみたいです、などと言ったら、バルバラ先生はどんな顔をしただろう。そんなに年くってないよ、と怒っただろうか。

やっぱり、母親ではない。姉とも違う。バルバラ先生はバルバラ先生だ。

彼女にたいそう世話になって、いろいろなことを教えてもらった記憶が、ハルヒロの中にはない。それなのに、どうしてこんなにも恋しいのか。

この手で弔いまでしたのに、もういないなんて思えない。そうではなく、思いたくないのか。

ハルヒロがどう思おうと、彼女は失われた。

永遠に。

彼女の肉体と精神は消え去っても、彼女が失われたという事実は残る。

その事実の重みも、次第に減少してゆくのかもしれない。

けれども、今はまだずっしりとハルヒロにのしかかっている。

2．死の実在

オルタナ西町の盗賊ギルド。真っ暗な隠し部屋で、あのときハルヒロはバルバラと二人きりになった。

てっきり二人きりだと思っていた。

求められるまま、一通り事情を説明すると、バルバラは明かりをつけた。

隠し部屋は壁ではなく、特別な処理を施されている糸で織った不燃性の布で仕切られていた。盗賊ギルドにはそのような小部屋がいくつもあるとのことだった。すべてを把握しているのは、助言者《メンター》と呼ばれるギルドの上級構成員だけなのだという。

助言者《メンター》はその名のとおり、盗賊たちを指導する。さらに、辺境伯や辺境軍の上層部に適切な情報を提供する役目も果たす。

「あまりそんなふうには思われてないけどね。あたしたち盗賊ギルドは、けっこう政治的な組織なのさ」

艶然と笑いながら言うバルバラの表情が、ハルヒロの脳裏に焼きついている。

そう簡単には消えないだろう。

「あたしは政治的ってより、きわめて性的な女だけどね」

「ええと、もう、そういう冗談は……」

「冗談だと思うのかい？」

バルバラに体の微妙な部分をさわられた。

「やっ、ちょっ……」

ハルヒロがうろたえると、バルバラは楽しそうだった。

「大丈夫。多少声を出しても、外には聞こえないよ。そういう造りになってるからね。だからあたしは、この部屋がことのほか気に入ってるんだ」

「たしかに、外には聞こえない」

と、明らかにバルバラではない、別人の声がしたときは、心底仰天した。

「──えっ。な、なんっ、……え？　だ、誰ですか……？」

「言ったろ？」

バルバラは悪戯《いたずら》っぽく喉を鳴らして笑った。

「盗賊ギルドは政治的な組織なんだよ。おかげで、本音と建て前を使い分けるのが習い性になってる。あたしたちは秘密主義なのさ。あんたにもそうなってもらう」

「……おれも？　秘密主義？　は？　どういうことですか……？」

「オルタナが陥落して、あたしたちも大きな、大きすぎる打撃を受けた。とはいえ、生き残りがあんたのバルバラ先生だけってのは、いくらなんでも間抜けすぎるだろ」

「おれの、じゃないですよね、べつに……」

「あんたがあたしを独占したいと思うのは一向にかまわないよ?　愛されるのは嫌いじゃない」

「戯《ざ》れ言《ごと》はそのへんにして、バルバラ」

別人の声が言った。女性らしい。

バルバラは肩をすくめた。

「わかったよ」

隠し部屋の中を見回しても、円形の卓と、その上のランプ、不燃性の布、布、布、布、あとはバルバラがいて、もちろんハルヒロがいる、それだけだ。どう見てもそれだけとしか思えないのに、別人の声が名乗った。

「私はエライザ」

「昔から照れ屋でね」

バルバラはくすくす笑いながら言った。

「あたしも最後、まともに顔を合わせたのはいつだったかな」

「……盗賊ギルドの、助言者《メンター》?」

ハルヒロが尋ねると、エライザが声だけで、

「そう」

と肯定した。

「私は主に義勇兵団の動向把握と連絡役を担ってる」

「義勇、兵、……――」

オルタナが攻め落とされ、辺境軍のグラハム・ラセントラ将軍はジャンボというオークと一騎討ちの果てに戦死、辺境軍は壊滅し、義勇兵団もまた潰走した。生存者が皆無ということはさすがにないだろう。しかし、何人生き残っていて、どこに落ち延びたのか、まったく不明だ。

――と、思っていた。

そうではなかったのだ。

「義勇兵団は、……どこに？」

「ワンダーホール」

エライザが答えた。

「新顔の異種族が台頭してて、安全とは言いがたいけど。ブリトニーが中心になって、オリオン、荒野天使隊《ワイルドエンジェルズ》、鉄拳隊《アイアンナツクル》、凶戦士隊《バーサーカーズ》あたりが、なんとか拠点を造って守り抜いてるような状態」

義勇兵たちのことや、彼らの狩り場については、メリイからおおよそ聞いている。そうはいっても、なんとなく頭に入っているだけだ。それらの知識は影絵のように輪郭だけで、ディテールがほとんどない。

「……なるほど。ワンダホールに。まあ、ちょっとあやしいっていうか、あるかもな、くらいには思ってましたけど。敵がいたりして、近づけなかったんで」

「風早荒野《かざはやこうや》は南征軍の斥候がうろついてるから」

とエライザがハルヒロの知らない言葉を口にした。

「南征軍？」

「敵のことだよ」

バルバラが教えてくれた。

「オークの各氏族、不死族《アンデッド》の軍勢の南下に、ゴブリン、コボルドが呼応した。ぜんぶひっくるめて、南征軍」

南征軍は当初、二手に分かれていたようだ。

一隊は、エルフが住む影森、風早荒野を通って侵攻し、デッドヘッド監視砦《とりで》、そしてオルタナを陥れた。

もう一隊は、噴流大河《ジェットリバー》を遡って一気にリバーサイド鉄骨要塞を攻め取った。

その後、オルタナはゴブリンに、リバーサイド鉄骨要塞はコボルドに与えられた。

南征軍の大部分はどうやら北上し、オークの一隊がおそらく監視役としてデッドヘッド監視砦に駐留していた。

「北上って、南征軍はどこに行ったんですか？　北に、……帰った？」

「それは別の助言者《メンター》が調べてる」

バルバラ曰《いわ》く、生き残った盗賊ギルドの助言者《メンター》は四人いる。バルバラとエライザ、それから、フダラクとモザイクの兄弟。この兄弟が南征軍を捜索しているか、もしくは追跡しているはずだが、現在のところ戻ってきていない。

「まさか、二人とも見つかって、とっつかまったなんてことはないと思うけどね」

「便りがないのは悪い便り」

エライザが言った。

「それを言うなら、よい便りだろ？」

バルバラは呆《あき》れたような口調で訂正した。

「だけど実際、何とも言えないところではある。あの兄弟のことだから、任務をほっぽり出して、とんずらしたかもしれないしさ」

「おれにも秘密主義になってもらうって、バルバラ先生、言いましたよね」

ハルヒロと一緒に来たニールやアントニーに、バルバラは義勇兵団のことを伝えなかった。つまり、バルバラたちは遠征軍に手の内を明かすつもりはないのだろう。少なくとも、今のところは。

「遠征軍に渡す情報は限定したい。それに協力しろってことでしょうか」

バルバラは首を振った。

「協力じゃない」

「え？」

「あんたを我が盗賊ギルドの助言者《メンター》にしようってこと」

「……はい？」

「記憶をなくしてるところ悪いけど、人材難でね。年寄り猫《オールドキャット》の手でも借りたい」

「おれなんかに務まるのかな……」

「やってもらうよ。エライザ」

バルバラが呼ぶと、不燃布の襞《ひだ》のように見える部分に、たぶん合わせ目があったのだろう、そこから小柄な女性が姿を現した。

一瞬、横顔が見えた。

もっとも、襟巻きで顔の下半分を覆っていたし、長い髪のせいで目もほとんど隠れていた。ゆとりのある暗色の衣を身にまとっていて、体型もよくわからない。

手袋は指先が露出していた。何か持ってきたようだ。銀色の瓶と杯か。エライザはそれを卓の上に置くと、去りはしなかったが、ハルヒロに背を向けた。とにかく顔を見せたくないらしい。

「我がギルドはいい意味で適当だから、正式な手順なんてものはないんだけどね」

バルバラは瓶の口を開け、その中身を杯に注いだ。葡萄酒《ぶどうしゅ》か何かだろう。

「盗賊を助言者《メンター》にとりたてるときは、一応、他の助言者《メンター》と固めの杯みたいなことをやることにしてる」

バルバラは杯をエライザに渡した。エライザは後ろを向いたまま襟巻きをずらして、杯の中の液体を少し飲んだようだ。エライザが返した杯に、バルバラも口をつけた。

「飲み干しな」

バルバラはそう言ってハルヒロに杯を差しだした。

こっちの意思を確かめもしない。強引だな、と思いながらも、ハルヒロは杯を受けとってしまっていた。先生なのだ。バルバラはハルヒロの性格を見抜いていた。

「何なんですか、これ」

「血だよ」

バルバラはにやりと笑った。

「あたしたち盗賊の」

「えっ」

「馬鹿だね。冗談に決まってるだろ。見たまんま、酒だよ」

「からかわないでくださいよ……」

匂いを嗅ぐと、たしかにアルコール臭がした。でも、葡萄酒ではないようだ。ため息をついて、飲んでみたら、噎《む》せた。

「……ちょっ。これ、きつくないですか……？」

「そんなたいした量じゃないんだから、ぐっと一気にやっちまいな」

「酔っ払わないかな……」

「酔って淫乱になったら、あたしがちゃんと受け止めてあげるよ」

「そういうふうにはならないと思いますけど。……たぶん。酔ったことがあるのかどうかさえ、覚えてませんけど」

杯を呷《あお》り、一息にぜんぶ喉の奥に流しこんだ。かぁっと体が熱くなる。目が眩《くら》んだ。

ハルヒロはバルバラに杯を返した。

「ただの酒なんですか、これ、ほんとに……」

「どうだかね。何にせよ、毒殺されるんじゃないかって疑わずに飲むのが大事なんだよ」

「考えもしなかったです……」

「それほど、あたしを信じてるってことだね。記憶がなくなっても、あんたの体はあたしを忘れてないってわけだ」

「またそういうことを言う……」

しばらくすると、強い酒が体内に入った感はだいぶ薄れた。量が少量だったせいだろうか。そこまできつくなかったのか。

「おれたち盗賊ギルドとしては、遠征軍はあてにしてないってことですね」

「さっそく助言者《メンター》らしくなったじゃないか」

「いちいち茶化さないでくれます？」

「少なくとも、見極めは必要だろうね」

「義勇兵団は？」

「あたしらはもともと義勇兵だし。義勇兵団とアラバキアの遠征軍、どっちにつくかなんて、考えるまでもないだろ。遠征軍は、利用できそうなら利用する」

「ジン・モーギス将軍は逆にこっちを利用したがってます」

「だからさ。こっちの手の内はなるべく明かさない。相手があたしらの手駒の数を百だと見なせば、百まで利用しようとする。でも、持ち駒を隠して十だと思わせとけば、無い袖は振れないって理屈で残りの九十を温存できるからね」

　バルバラ先生はこうやってハルヒロを教育してくれていたのだろう。ああ見えて、根っからの世話焼きだったのだ。

「ワンダーホールの義勇兵団も安泰じゃない」

　エライザの声音はどこか窓越しに聞こえる雨音のようだった。

「もともと複数の異界と繋《つな》がっていて不安定だし、さっきも言ったけど、最近、グレンデルという強力な異種族が現れた。彼らとの戦いに加えて、物資も充分じゃない。いつまでもワンダーホール内の拠点に籠もってはいられない」

「でも、外に出たら敵だらけですよね」

ハルヒロは少し考えてから、

「敵だらけだった」

と言い直した。

「……遠征軍を味方と見なすかどうかは微妙ですけど、明確な敵じゃない。味方じゃないとしても、利用することはできる」

義勇兵団単独で動けば、オルタナ、リバーサイド鉄骨要塞、デッドヘッド監視砦などを押さえている南征軍は、総力を挙げて叩《たた》こうとするだろう。

でも、遠征軍がオルタナを攻めるのならば、情勢が変わってくる。

「義勇兵団はどこを?」

ハルヒロが訊《き》くと、

「おそらく、リバーサイド鉄骨要塞だろうね」

とバルバラが答えた。

「遠征軍が信頼の置ける味方なら、連携をとって同時攻撃を図る手もある」

「……たぶん、ですけど。おれが思うに、義勇兵団の存在を知ったら、ジン・モーギス将軍は放っておかないんじゃないかな。ひょっとしたら、自分の指揮下に置こうとするかもしれないです」

「義勇兵団がおとなしく従うことはない」

エライザはそう言いきった。ハルヒロはため息をついた。

「連携をとるのは、簡単じゃなさそうですね……」

バルバラが首を傾けてみせる。

「だとしたら？」

先生からの質問だ。生徒としては、なんとか回答をひねり出さないといけない。

「……連携をとらないで、同時攻撃する、とか。遠征軍が攻撃に出るタイミングを義勇兵団が把握していれば、それまでに準備が整うかっていう問題はありますけど、できなくはない、……かな」

バルバラ先生は、ご名答、とばかりにハルヒロの頭を撫《な》でてくれた。

「条件次第で修正することになるだろうけど、当面はそれがゴールだよ。そうと決まれば、あとはどうやって実現するか。ジン・モーギス将軍とやらが御しやすかったり、存外、信頼できる男だったりしたら、手っとり早いんだけどね。やっぱりあたしが直接、会ってみるべきかねえ」

悔いはある。

ないわけがない。

後悔の種なんか山ほどある。

たとえば、バルバラを将軍と会わせなければよかった。ハルヒロがちゃんとバルバラの代わりに将軍と渡りあうことができていれば、どうだったか。バルバラにはあくまでオルタナ内の情報収集に専念してもらう。そういう形をとることも不可能ではなかったはずだ。ハルヒロが頼りにならないから、バルバラにあれもこれもやってもらった。

ぜんぶ自分のせいだとは考えていない。それは思い上がりというものだろう。しかし、何かが違っていれば、バルバラ先生を失わずにすんでいたかもしれない。

こんなふうにあっけなく人は死んでゆく。

次は自分の番かもしれない。仲間の誰かかもしれない。

目を閉じると、バルバラ先生が笑う。

「だからさ、年寄り猫《オールドキャット》」

いなくなっても、こうしてハルヒロに教えてくれる。

「今この瞬間、思い残すことがないように、生きろってこと。ただそれだけのことだよ」

彼女は死んでしまった。

だからといって、その存在が無に帰したわけじゃない。

3．冬の星座からの

　オルタナでは、遠征軍の兵士たちがあちこちに即席の焼き場を設け、ゴブリンの死骸を焼いている。もとより火葬場はあるのだが、たくさんの遺体を一気に焼けるような設備ではない。それに、人間のための火葬場だ。気分の問題でしかないのかもしれない。でも、そこでゴブリンを焼くのはどうなのか。それに、どうやらゴブリンも不死の王《ノーライフキング》の呪いでゾンビ化するらしい。なるべく急いで処理しなければならないという事情もある。

　ハルヒロとニールは北門からオルタナ入りし、足早に天望楼《てんぼうろう》へと向かった。天望楼前の広場には市内最大規模の焼き場があって、とりわけ煙がすごい。煙たいだけでなく、ひどい臭いだ。目も、鼻も、喉まで痛い。焼き場で作業している兵士たちは、涙が止まらなかったり嘔吐《おうと》したり、さぼって上官にどやされたりで大変だ。

　ゴブリンが天望楼正門前に設置したバリケードは、まだ完全に撤去されてはいない。通行の妨げにならないように、とりあえず両脇にどけられている。こういったものを片づけるのも、これはこれでなかなか骨だ。

　ジン・モーギス将軍は大広間にいた。かつて辺境伯が謁見の間として使っていた部屋で、奥のほうが数段高い壇になっており、その上に立派な椅子が設《しつら》えられている。赤毛の将軍はその椅子にふんぞり返るのがお気に入りらしい。

偉そうに。辺境王気どりですか。

——と、腹の中で嫌悪感や反発心がぐるぐる渦巻いて暴れ狂うよりも、今日に限っては驚きが先に立った。

将軍はたいてい黒い外套《がいとう》を身にまとった兵士を何人か侍《はべ》らせている。彼らは黒い猟犬《ブラックハウンド》時代からの忠実な部下で、遠征軍の中では少数派のまともに戦える精鋭だ。

大広間には将軍の他、黒い外套をつけた兵士が四人いた。それだけなら、もちろん驚いたりしない。

壇の下にもう一人いる。

何者だろう。明らかに遠征軍の兵士ではない。白い外套を着ている。無地ではない。星の紋章が、あれは刺繍《ししゅう》されているのか。Xを描くような七つ星だ。

その何者かが振り返った。

「やあ」

ハルヒロを見て、目を瞠《みは》った。

この反応は、知っている、ということだ。あの温厚そうな、なんとも品のいい顔をした男は、ハルヒロと面識がある。

知り合いなのだろう。ハルヒロも彼を知っている。いや、知っていた。忘れてしまって、覚えていない。

「あぁ、……どうも」

ハルヒロは頭を下げた。

ニールが怪訝《けげん》そうに横目でハルヒロを見ている。

誰だ。メリイからいろいろ教えてもらい、知人の名はなるべく頭に叩きこんである。名前。略歴というか、簡単なプロフィール。それと、ハルヒロ及びハルヒロたちとの関係性。そのあたりはできるだけ聞き覚えているつもりだ。

でも、顔はわからない。伝聞だと、容姿はさすがに無理がある。

「将軍」

ニールが男を気にしながら進み出て、片膝をついた。頭《こうべ》を垂れる。

「ただいま戻りました」

将軍は重々しくうなずいた。

ぼんやり突っ立っているのも気まずい。ハルヒロはニールの斜め後ろあたりで少し会釈をした。

男はまだハルヒロを見ている。笑顔だ。微笑している。何だろう。やたらと感じがいい。見るからにいい人だ。

「それで？」

と将軍が問う。

ないんだ。説明。その男はどこの誰それだ、とか。紹介くらいはしてくれてもよさそうなものだ。ジン・モーギスはそうした常識が通用する男ではない。それはハルヒロも思い知らされているのだが。

「はい」

ニールは顔を上げようとせず、ややくぐもった声で言う。

「デッドヘッド監視砦《とりで》は、やはりもぬけの殻でした」

「ならば、オークどもはどこへ行った」

「申し訳ありません。それは、……不明です」

将軍は椅子の肘掛けを指先で弾《はじ》いた。そのたびに爪が肘掛けに当たって、なかなか大きな音が大広間に響き渡る。なんか硬そうだな、将軍の爪。ハルヒロはそんなどうでもいいことを考えてしまった。

「義勇兵団が情報を持っているらしい」

将軍はそう言って男を見た。

義勇兵団。

たしかに将軍は今、義勇兵団と言った。

ニールが膝をついたままの姿勢で男に視線を向けた。

「……義勇兵団、だと？」

「オリオンのシノハラといいます」

男はそう名乗った。

シノハラ。

思わずハルヒロは首筋をさわった。

わかる。

シノハラ、……さん、か。

べつに記憶が戻ったわけではないが、思いだした。

メリイによれば、オリオンは構成人員三十人程度と、かなり大きなクランのはずだ。そのリーダーがシノハラという名の男で、彼とはハルヒロも顔見知りだった。単なる知人ではなかったようだ。どう言えばいいのか。一言では表現しづらい。

シノハラは面倒見のいい人で、ハルヒロたちのことを見習い義勇兵時代から気にかけてくれていたらしい。それというのも、じつはメリイが一時期、オリオンに在籍していた。昔、メリイの仲間だったハヤシは、現在もオリオンに所属している。そういう縁もあって、シノハラはハルヒロたちに関心を持っていたのかもしれない。

微妙といえば微妙な接点ではある。

多少は近しかった。

しかし、ものすごく親しかったわけではない。

具体的に、どういう間柄、どのくらいの距離感だったのか。道で会ったら、挨拶はするだろう。それとも、立ち話くらいはする感じだったのか。

義勇兵団が動いたのか。シノハラを使者に立てて、遠征軍に接触してきた。そういう手はずになっていたのだったか。正直、わからない。義勇兵団との連携はバルバラとエライザに任せていた。

言い訳になってしまうが、ハルヒロはこれっぽっちも思っていなかったのだ。

バルバラ先生が死んでしまうなんて。

「もしかしたら、すでにご存じかもしれませんが」

シノハラはそう前置きして、ほんの少しだけ肩をすくめた。

「先日、我々義勇兵団は、リバーサイド鉄骨要塞をコボルドたちの手から奪回しました」

ニールは顔を上げて将軍を仰ぎ見た。

将軍は無表情だ。何も感じていない。何も考えていないのか。そうではないだろう。将軍は自分の感情や思考を余人に読みとられたくない。それで、分厚い皮膚を仮面のように仕立て上げているのではないか。

不意に将軍がこちらへ目を向けたので、冷や汗が出た。まずい。ハルヒロは慌てて口を手で押さえ、シノハラを凝視する。どうだろう。これで驚愕《きょうがく》しているように見えるだろうか。見えているといい。そうでないと困る。

義勇兵団が健在であることを、ハルヒロは知っていた。遠征軍がオルタナ奪還に取りかかるのと同時に、リバーサイド鉄骨要塞を攻める予定だったことも。

しかし、それらの情報をハルヒロが把握していたことを、将軍やニールは知らない。あえて伝えなかった。

遠征軍にとっては、ぜんぶ寝耳に水だったはずだ。ハルヒロもちゃんと驚いているふりをしないと、怪しまれてしまう。

「ただし」

シノハラが話を続ける。

「コボルドは五千ほどいたと思われます。残念ながら、根絶やしにできたわけではありません」

「五千……」

ニールが呟《つぶや》く。シノハラは微笑《ほほえ》んで、ええ、と首肯した。

「我々が確認したコボルドの亡骸《なきがら》は、約二千。残りの三千程度は、彼らがもともと根城にしていたサイリン鉱山ではなく、お嘆《なげ》き山《やま》の古城に逃げこんだようです」

おおまかに言えば、噴流大河《ジェットリバー》の畔《ほとり》にリバーサイド鉄骨要塞があり、その十キロほど東北東に寂《さび》し野《の》前哨《ぜんしょう》基地が位置している。寂し野前哨基地の一キロだか二キロ北西にワンダーホール、北へ七、八キロ進めばお嘆き山に行きあたる。

お嘆き山については名前くらいしか知らない。古城、とシノハラは言った。昔の城があるのか。

「まだ確証はありませんが、デッドヘッド監視砦のオークもお嘆き山に移動したのではないかと、我々は見ています。現在、数名の盗賊が潜入を試みているので、じきに判明するでしょう」

「きみの言葉を信じれば」

突然、将軍が口を挟んだ。

「義勇兵団。きみらは有能だな。蛮族とはいえ、五千もの兵が守る要塞を、二日とかからず陥落させた。戦勝に浮かれることなく、敗兵どもの行方をしっかりと突き止め、今後の対応を練っているようだ」

シノハラは将軍に向き直った。そして、何を言うのかと思ったら、やはり笑みを浮かべて、謙遜するでもなく、

「ありがとうございます」

と返した。

あたりまえなのかもしれないが、見た目どおりの単なるいい人なんかじゃない。シノハラはそうとう図太い神経の持ち主だ。腕にもさぞかし自信があるのだろう。あの底知れない不気味な将軍の前で、じつに堂々としている。

「きみの言葉を信じるなら」

将軍はゆっくりと首をひねった。

「我が軍がオルタナを攻めたのと同日ほぼ同時刻に、きみらはリバーサイド鉄骨要塞に襲いかかった」

「そういうことになりますね」

シノハラはいけしゃあしゃあと応じた。

「偶然の一致にしては」

将軍はそこでいったん言葉を句切った。

「あまりにもできすぎだ。我が軍の動向を察知していたのでなければ、きみらはよほどついている」

「我々だけではありませんよ」

シノハラは胸に手を当てて、軽く頭を下げてみせた。

「将軍もついています」

赤毛の将軍が声を立てずに笑う。人間という生き物があんなふうに笑えるとはちょっと思えない。案外、将軍は人間ではないのではないか。とにかくぞっとする笑みだ。

「私は王命を受けている。辺境伯亡き今、私の意思はすなわち、アラバキア王イデルタ陛下のご意思だ」

「辺境伯が。……そうですか」

シノハラは眉を曇らせた。

「私のような義勇兵も何度かこの天望楼《てんぼうろう》に招いてくださり、親しくお声をかけていただいたものです。残念ですね。亡くなられたとは。いつでしょう？」

「我々がオルタナを奪回したときには、すでに」

将軍は即答した。

「なるほど」

シノハラは腕組みをして顔をしかめた。

「じつは、オルタナでだいぶ粘った義勇兵もいましてね。命からがら脱出して我が義勇兵団に合流した彼の証言によれば、辺境伯は無残にもゴブリンに囚《とら》われ、市中を引き回されるといったむごい仕打ちを受けられていたようです。なんとか救いだして差しあげたかったのですが。お気の毒に」

「ガーラン・ヴェドイー。彼は名門ヴェドイー家の出だ」

将軍は椅子の背もたれに後頭部を押しつけて遠い目をした。まるで、辺境伯を手にかけたときのことを思い返して悦に入っているかのようだが、さすがにそれはハルヒロの考えすぎかもしれない。

「お助けできず、私も慚愧《ざんき》に堪えないが、彼は死んだ」

「ご遺体は？」

シノハラが尋ねると、将軍はやはり間髪を容《い》れず、

「火葬した」

と答えた。

「辺境伯は……」

シノハラは少し言いづらそうに訊《き》いた。

「動いておられましたか？」

「不死の王《ノーライフキング》の呪いとやらか」

「ええ」

「私がこの手でとどめを刺した。あのままではあまりに憐《あわ》れだからな」

平然とそんなことを言ってのける将軍は尋常ではない。

「お察しします」

と沈痛な面持ちで返したシノハラも、何というか、すごい。

辺境伯の最期について、その真相を知る者はごく限られている。あの場にいた将軍、ハルヒロたち、それから辺境軍の戦士連隊長アントニー・ジャスティンだけだ。シノハラは辺境伯が天望楼で虜囚の身となっていたことしか知らないだろう。

でも、今のやりとりで、シノハラは察したのではないか。

オルタナ奪回時、辺境伯はまだ生きていた。しかし、ジン・モーギス将軍によって殺害された。将軍にとって、自分よりも身分が高く、正統なオルタナの統治者である辺境伯は邪魔でしかなかったのだ。そのあたりの事情をなんとなく理解した上で、シノハラは平然としている。

「彼は辺境の王と呼ばれていたらしい」

将軍はシノハラを見据えて言った。

「むろん比喩なのだろうが、今、その玉座に座っているのは私だ」

だから、自分に跪《ひざまず》け、と将軍は仄《ほの》めかしている。におわせるだけで、明言しないのはなぜだろう。

遠征軍はオルタナ攻略戦で百名前後の兵員を失った。戦死者には、天望楼突入部隊を指揮したダイラン・ストーン以下の黒外套《がいとう》たちも含まれている。戦死者には、将軍の腹心、子飼いの部下だった。遠征軍はいまだに九百人以上の規模を維持しているが、大半はごろつきや元脱走兵などの寄せ集めでしかない。

バルバラやエライザから聞いたところによれば、義勇兵団の総勢は百五十人に届かないはずだ。たったそれだけの人数で、五千ものコボルドが守るリバーサイド鉄骨要塞を攻め落とした。義勇兵は並の兵士ではない。文字どおり一騎当千の傑出した戦士や、卓絶した魔法使いも中にはいる。

もしかすると、ジン・モーギスは虚勢を張っているのかもしれない。じつは義勇兵団を恐れている。そこまでではないとしても、たやすく服従させられるとは思っていないのだろう。

そして、シノハラもまた、義勇兵団は数でこそ遠征軍に劣るとはいえ、戦力的には互角以上だという自信がある。

将軍が頭ごなしに何か命令したとしても、シノハラは拒むかもしれない。唯々諾々と言いなりになることはまずないはずだ。

「将軍」

と、シノハラは呼びかけた。ジン・モーギスは辺境の王などではない。少なくとも、シノハラら義勇兵には、彼を王と仰いで拝跪《はいき》する理由がない。

「もしコボルドとオークがお嘆き山に結集しているのなら、これを無視することはできません。ダムローのゴブリンも気になります。義勇兵団は当面、リバーサイド鉄骨要塞から動けそうにない」

将軍はしばらくの間、黙りこんでいた。

力関係で言えば、シノハラよりも将軍のほうがむしろ不利なのではないか。それでもあの赤毛の将軍は、こうやって張りつめた沈黙だけで場を支配してしまう。何をしでかすかわからない。何かとんでもないことをやらかしそうな気配を、常に漂わせているのだ。

「事情は理解した。シノハラといったな。今日はこの天望楼で休んでいくがいい。のちほど食事を用意させる」

「お心遣い痛み入ります、モーギス将軍」

シノハラは自然体にしか見えない笑顔で一礼した。

なんていうかこう、つらいです。

それがハルヒロの偽らざる本心だ。息苦しいし、肩が凝る。いや、肩だけではない。全身バッキバキだ。

将軍が軽く手を振ってみせる。出てゆけ、という合図だろう。ニールが弾《はじ》かれたように立ち上がって踵《きびす》を返した。

「では、またあとで」

シノハラも退出しようとしていることだし、ハルヒロも、——と思ったら、そうは問屋が卸してくれなかった。

「貴様は残れ」

と将軍に声をかけられてしまったのだ。

はい？

貴様？

誰？

名指しされたわけではない。とぼけてみてもいいが、無理か。将軍はハルヒロを見ている。見まくっている。明らかにハルヒロだけを。

「……はい」

気が進まなくても、残るしかない。めちゃくちゃいやなんだけど。しかも、ニールとシノハラが大広間から出ると、将軍は護衛の黒外套たちまで追い払った。本当にやめて欲しいんですけど。

二人きりになってしまった。

いやすぎる。

将軍、なぜかしゃべらないし。残れ、と言っておいて、黙りこくっているとか。どういうことなのか。意味不明なんだけど。

「……何でしょうか」

結局、根負けして、ハルヒロのほうから尋ねてしまった。

これは将軍のペースなのではないか。

言葉、態度、腕力、ありとあらゆる手段を駆使して、自分の思いどおりに他者を操ろうとする。そういう人間がハルヒロは好きではない。好き嫌いはさておくとしても、その手の人物と相対《あいたい》するときは用心すべきだ。かなり気持ちを強く持たないと、ついつい流されてしまう。

「あのシノハラという男」

将軍はまだハルヒロを見ているが、目の焦点が定まっていない。きっとシノハラのことを思いだしているのだろう。

「顔見知りのようだな。親しいのか」

「まあ……」

ハルヒロは口ごもった。

「知り合いでは、ありますけど。同じ義勇兵だし。シノハラさんは、オリオンっていう大きなクランのリーダーなんで。ちょっとした有名人っていうか」

「きみはどちらにつくつもりだ」

「……はい？」

貴様、ではなく、きみ、に変わった。将軍は続けた。

「私の側につくのなら、相応の便宜を図る。我が遠征軍で一隊を率いてもらうことになるだろう」

断ったら？

――訊かないほうがよさそうだと、直感的に思った。

ジン・モーギス将軍の側につく。正直、論外だ。ハルヒロは記憶を失っているが、それでも将軍と義勇兵団の二択なら、迷わず義勇兵団を選ぶ。

将軍もその程度のことはわかっているのではないか。もともと将軍は脅してハルヒロたちを従わせ、いいように使っているのだ。

だから、将軍はハルヒロの意向を確認したのではない。おそらく、質問する体《てい》で、釘《くぎ》を刺したのだろう。

黙って自分につけ、と。さもなければ、こちらとしては何らかの手を打つことになる、と将軍は示唆しているのに違いない。

ようするに、ハルヒロはまた脅迫されている。

心理的な圧力は少なからず感じるが、どうだろう。果たして、この恐怖は道理にかなっているのか。

たしかに将軍は、何をしてくるかわからない。

あくまでも、何をしてくるかわからないだけだ。当然のことながら、将軍は万能ではないので、何でもできるわけではない。

たとえば今、将軍がいきなり斬りかかってきたとする。ハルヒロとしては争いたくない。けれども、黙って斬られてやる義理はないから、応戦する。将軍に勝てるのか。こればかりはやってみないとわからない。しかし、まるっきり歯が立たない、ということはたぶんないだろう。それに、ハルヒロは盗賊だ。何もがんばって斬りあわなくていい。逃げるだけなら、なんとかなりそうな気がする。

また、将軍は遠征軍の長なので、その気になれば全軍を動員できるが、中核はあくまで黒外套たちとニール以下の斥候兵だ。それも戦死者が出たせいで、総勢五十人にも満たない。恐るるに足らない、とまでは言わないが、大袈裟《おおげさ》に怖がる必要はないだろう。

少し気が楽になった。

将軍の脅しに屈する理由はない。ただ、この場で将軍を明確に拒んで、決裂してしまうのも避けたい。というか、そうしたらずいぶんすっきりするだろうが、それ以上の意味はない。

「今、おれたち人間同士がいがみあっているような余裕は、おそらくないんじゃないかと思うんですけど」

将軍は無言だ。相変わらず本当に圧がものすごい。

でも、圧だけなんじゃないの？

将軍の本質は、意外と虚仮威《こけおど》しなのかもしれない。そう思わなくもないが、甘く見ると足をすくわれる可能性だってある。

「遠征軍も、義勇兵団も、お互いに協力したほうがいいんじゃないですかね。そのために、できることがあるならしたいです。状況的に、やらなきゃいけないと思うんで」

「そうか」

将軍が笑った。

やっぱり、怖い。得体が知れない、というか。どんなふうに解釈すればいいのか、さっぱりわからない笑みだ。

「下がれ」

将軍が手を振ってみせる。

ハルヒロは軽く会釈をして将軍に背を向けた。

大広間を出る直前、ちらりと振り返った。

将軍はまだ笑っていた。けっこう距離があるのではっきりとしたことは言えないが、目が合ったかもしれない。ハルヒロは思わず頭を下げてしまった。

4. 岐路幻影

ジン・モーギス将軍は、天望楼《てんぼうろう》一階の一室をハルヒロと仲間たちに割り当てた。もともとその部屋は、晩餐会《ばんさんかい》などが催される際、控えの間の一つとして使われていたらしい。広さはなかなかのものだが、テーブルと椅子以外、何も置かれていない。空っぽに近い部屋だった。

ちなみに、この部屋は、黒外套《がいとう》たちや辺境軍戦士連隊長アントニー・ジャスティンとその部下に与えられた部屋よりも大きいようだ。将軍としては、ハルヒロたちを重用していることを示す意図があったのだろうか。だとしても、それがどうした、という話ではある。べつに嬉《うれ》しくもなんともない。

シノハラもその部屋にいて、仲間たちと共にハルヒロを待っていた。話したいことは山ほどあるが、天望楼の中は落ちつかない。シノハラもオルタナの様子が気になるだろう。一緒にちょっと見て回るという名目で外に連れだした。

義勇兵団事務所やルミアリス神殿などの前を通りながら、尾行がついていないか確かめた。どうやら、ニールの部下、斥候兵約二名がハルヒロたちを監視しているらしい。撒《ま》いてもいいが、現時点でそこまでして相手を刺激する必要はないだろう。

シノハラの希望で、ヨロズ預かり商会にも立ち寄った。

ヨロズ預かり商会は、規定の手数料を払えば金や物品を厳重に保管してくれる。とくに義勇兵にとっては馴染《なじ》み深い、なくてはならない店だったらしい。

オルタナ陥落時も、商会は膨大な金貨や銀貨、武具などの宝物を抱えていたはずだというが、略奪には遭わなかった。略奪しようがなかったのだろう。商会の窓一つない堅固な倉庫は今も閉めきられたままで、開けようにも開けられない。ただ、将軍は倉庫の中身をあきらめていないのか。数人の兵士が暇そうに倉庫を警備していた。

そのあとハルヒロたちは、尾行に気づかないふりをして天空横丁《てんくうよこちょう》にあるシェリーの酒場に入り、密談としゃれこむことにした。

「しかし、……見る影もないとは、このことですね」

シノハラは荒れ果てた酒場の様子に心を痛めているようだ。ハルヒロは記憶がないので、正直、ここもゴブリンにだいぶ荒らされたのだとしか思わないが、たしかにひどい有様ではある。テーブルや椅子は大半がひっくり返っているか倒れているかで、破損しているものも少なくない。床には皿やら瓶やらの破片が散乱し、何とも言えない饐《す》えた臭気が立ちこめている。飛び回る蠅《はえ》たちの目当ては腐敗した飲食物だろうか。

「この店に」

メリイは胸を押さえ、誰に言うともなく言った。

「よく来ていたの。わたしたち……」

ハルヒロたちは手分けして窓をぜんぶ開けた。出入口の扉にもつっかえをして、開けっぱなしにした。

換気をすると臭いはだいぶましになったが、外から射《さ》しこむ光のせいで酒場の惨状がより明らかになった。

「オルタナが攻撃を受けたとき、ここでも戦いが行われたのでしょうね」

シノハラは、血痕とおぼしき黒ずんだ染みや壁に突き刺さった矢などを、一つ一つ丁寧に確かめていった。

「義勇兵の大部分は逃げのびましたが、辺境軍の兵士や市民はほとんどオルタナで命を落としたようです。私たちと違って、彼らにとってはここが故郷で、唯一の居場所だったからでしょう。逃げようにも、他に行き場がなかったんです」

「なんか、たまんないっすね……」

クザクはカウンターに尻を引っかけてうなだれた。

セトラが二階席へと続く階段の途中に座ると、その隣にキイチが腰を落ちつけた。

シホルは店の真ん中あたりに立ちつくしている。途方に暮れているようだ。

メリイがシホルに歩みよって、その背中をそっと撫《な》でた。シホルは一瞬びくっと身を震わせたが、引きつった笑顔をメリイに向けた。それから、ほとんど聞きとれないほど小さい声で、ありがとう、といったようなことを言った。

やがてシノハラがテーブルや椅子を引き起こして並べはじめた。ハルヒロとクザクも手伝った。

シノハラ、ハルヒロ、クザク、メリイとシホルは、テーブルを囲んで椅子に座った。セトラは加わらず、階段のところにいる。そこからだと店内がおおよそ見渡せるし、窓や出入口も目に入るだろう。キイチは窓から外に出ていった。酒場の外で尾行者が聞き耳を立てていたら、キイチがすぐに報《しら》せてくれるはずだ。

「久しぶりですね、ハルヒロ。まずは無事でよかった」

「シノハラさんのこと、ちゃんと覚えていたら、なおよかったんですけど」

「事情はある程度、うかがっています」

「……ですよね」

「盗賊ギルドの――」

シノハラは目を伏せた。

「助言者《メンター》のバルバラが、亡くなったそうですね」

ハルヒロは一つ息をついてから、

「はい」

と答えた。やけにか細くて、低い声になってしまった。

シノハラはテーブルの上に手を置いた。

「彼女のことは、現役の義勇兵だったころから知っています」

「そう、……なんですね」

「短い間ですが、同じパーティでした」

「え」

「仲間だったんです」

シノハラはテーブルに置いた自分の手を見ている。

「誰よりも死にそうにない人でしたし、さっさと義勇兵稼業に見切りをつけて盗賊ギルドの助言者《メンター》になったから、彼女はまず大丈夫だろうと思いこんでいました。わからないものですね。きっと彼女自身も予想していなかったでしょう。でも、そういうことだって起こりうる。ここでは、いくらでも。そんな世界なんです。このグリムガルは」

「シノハラさん……」

メリイは何か声をかけようとした。でも、適切な言葉が見つからなかったようで、うつむいてしまった。

「すみません」

シノハラは自嘲げに少しだけ笑った。

「感傷に浸っている場合ではありませんね。きみたちが記憶を失っているという話はエライザから聞きました。ただし、メリイだけは例外だと」

メリイはうなずくというより、さらに下を向いた。

「……ええ」

シノハラは思案げに眉をひそめて顎をさわった。

「そうしたケースを耳にしたのは、これが初めてです。正直、にわかには信じられない。とはいえ、そもそも私たちは一度、同じことを経験しているわけですが」

「ええと……」

ハルヒロは頬をさすりながら言う。

「具体的には、開かずの塔で目が覚めて。暗い、……地下、だったんですけど。そうしたら、なんか、名前しか覚えてなくて。メリイが言うには、その前は、どこか別の、……世界？ っていうんですかね。グリムガルじゃない場所にいたみたいで」

「わたしの記憶では、レスリーキャンプで——」

メリイがその単語を口にした途端、シノハラは顔色を変えた。

「レスリーキャンプ？ アインランド・レスリーの？」

メリイは鼻白んだ。

「……あ。はい。そうじゃ、ないかと」

「レスリーキャンプから、異界へ、——か」

シノハラは腕組みをした。

「その異界で何かあったということですか？」

「それが、わたし……」

メリイは唇を噛《か》んだ。

「……その、……異界でのことは、よく覚えてなくて……」

シホルが気遣わしげにメリイの腕をつかんだ。

シノハラはメリイをじっと見据えている。何だろう。あの眼差《まなざ》しは。鋭い目つき、というのともちょっと違う。

そうではなくて、怪しんでいるのか。

「なるほど」

シノハラはメリイを疑っているのだろうか。

少なくとも、あまり納得しているようには見えない。

「ともかく、その異界で紆余《うよ》曲折《きょくせつ》あり、きみたちは開かずの塔の地下で目が覚めたわけですね。そのときには、自分の名前以外のことを忘れていた。メリイをのぞいて」

クザクが頭を抱えて、うーん、と唸《うな》った。

「あらためて、何なんすかね。怖いわぁ。やばいよね。どうなっちゃってんだよ……」

「やばいのはおまえの語彙力だろう」

セトラがぽつりと言うと、クザクは、あぁっ、と叫んだ。

「そこ！　気にしてんのに！」

ハルヒロは苦笑してしまった。

「気にしてたんだ……」

「少しだけどね」

クザクは右手の人差し指と親指を、ふれるかふれないかくらいまで近づけてみせた。

「マジで少しっすよ」

「もっと気にしろ」

「セトラサンさ、遠くからちょいちょい絡んでくるのやめてくれない!?」

「何だ？　近くにいて欲しいのか？」

「いて欲しいかって言われるとよくわかんない感じもあるけど、いて欲しくないってことはないから、やっぱりそれなりに近くにいて欲しいのかな、俺……？」

「断る」

「いや、断るんかーい」

クザクは肩を落とした。

「……断るんかぁーい」

「なんで二回も……」

ハルヒロは呆《あき》れた。クザクは上目遣いでハルヒロを見る。

「何なんすかね？　この気持ち。微妙にダメージ受けてるっぽいんだけど……」

「捨てられた犬じゃないんだから……」

「あぁ、そっか。これ、あれか。犬が飼い主に捨てられたみたいな？　そんな感じか。そうかも……」

「いつから私はおまえを飼ってるんだ」

セトラが不愉快げに言うと、クザクは目を剝《む》いた。

「なんでそんなに嫌そうなの……？」

「わからないのか？」

「えっ。ぜんぜんわからないんすけど？」

「おまえに付ける薬はないな」

「……いいっすよ。べっつにー？　メリイサンに治してもらうから」

「わたしには治せないと思う」

メリイもかなり嫌そうだ。

「マジっすか」

クザクは見るからに愕然《がくぜん》としている。

「……メリイサンでも治せないとか。……マジかぁ。重症じゃないっすか、俺……」

「まあ……」

ハルヒロは一瞬、慰めてやろうかとも思ったのだが、それもなんだか違う気がする。

「重症かな……」

「こういう子だったんですね……」

いくらシノハラでも、クザクを子呼ばわりするのはどうなのだろう。しょうがないか。

ハルヒロは気をとりなおして、あの、とシノハラに呼びかけた。

「ひよむーって、わかりますか」

「ええ」

と、シノハラは答えたものの、うなずきはしなかった。

「知っています」

何か引っかかる。

いったい何が引っかかっているのか。ハルヒロにもよくわからない。

「……ひよむーか、あいつの主人だかが、おれたちに何かして、それで記憶がなくなったみたいなんですけど」

シノハラは黙りこんだ。思いあたることがあるのか。それとも、困惑しているのか。どちらともつかない。なんとなく奇妙な間だ。

ハルヒロはメリイと視線を交わした。メリイもちょっと変だと感じているようだ。

「いずれにせよ」

シノハラはハルヒロたちを見回した。

「その件と当面の問題は切り分けて考えるべきでしょうね。開かずの塔の主が、南征軍を招き寄せたとは思えません」

「そう、……ですよね……」

ハルヒロは首をひねりそうになった。引っかかる。まただ。でも、今度は引っかかっているものの形が少しだけ見えた。

開かずの塔の主が南征軍、つまりオークやゴブリン、コボルドたちを手引きしたとは考えられない。

シノハラは今、そう言った。それはたしかにそのとおりかもしれない。でも、何か変ではないか。

何か、というか。

開かずの塔の主、とは何者なのだろう。

推測することはできる。

ハルヒロたちは開かずの塔の地下で目覚めた。ハルヒロを含めた義勇兵の中に、ひよむーが交じっていた。ひよむーはハルヒロたち同様、記憶がないふりをしていた。それは演技だった。どうやらひよむーは、彼女のご主人様とやらの命令で、何かよからぬことを企《たくら》んでいたらしい。

たぶん、開かずの塔の主とは、ひよむーの主人のことだろう。そう解釈することは可能だ。筋も通っている。

ただし、ハルヒロは、ひよむーの主人がすなわち、開かずの塔の主である、と考えたことは一度もない。

ひよむーは開かずの塔に深い関わりを持っている。それはまず間違いないだろう。だからといって、彼女の主人＝開かずの塔の主、という等式が成立するだろうか。

開かずの塔は、義勇兵たちにとって、出入りできない謎めいた建造物だったはずだ。違うのか。

シノハラはそう思っていなかった？　開かずの塔には主がいる。何者かが住んでいるのだと、知っていたのか。あるいは、そういう噂《うわさ》、言い伝えがあった、とか。

しかし少なくとも、メリイからそういう話は出なかった。

「ところで」

シノハラが急に話題を変えた。

「我々義勇兵団の中に、ユメさんとランタくんがいることは？」

「ユメ……っ——」

メリイは両手で口を押さえた。限界に挑戦する勢いで大きく見開かれた目から、今にも涙がこぼれそうだ。

ユメ。

ランタ。

ハルヒロにしてみれば、名前だけだと実感がわかない。何しろ、覚えていないのだ。でも、メリイの反応を目の当たりにすると、こみ上げてくるものがある。

「……一緒だったんですね。そうだったんだ。二人とも。なんか、……ランタとは、喧嘩《けんか》別れしたんだっけ。喧嘩っていうのとも違うのかな。よくわからないけど……」

ハルヒロはメリイに教えてもらった経緯を思い返そうとしたが、どうしてかうまくいかなかった。

「おおっ!?」

と、クザクが身を震わせ、両腕で自分自身を抱きすくめた。

「なんかブルッときた。何だ、これ。俺、変な病気？　違うか。違うよね……」

シホルは涙ぐんでいる。そのことに戸惑っているみたいだ。

「何せ記憶がないから、とくに感想もないが」

セトラは平素と変わらない。

「息災だと聞かされるより、直接会いたかったものだな。そのほうが確実だし、話も早い。二人を連れてくることはできなかったのか？」

「セトラサン、言い方……」

クザクが小声で咎《とが》めた。シノハラは微笑する。

「気にしなくてけっこうですよ。クランの中では指揮系統もあってどうしても上下関係が生じますが、私ときみたちは義勇兵同士、対等です」

セトラは薄笑いを浮かべた。

「私は義勇兵でもないから、ますます忖度《そんたく》する理由がない。おまえの言葉を真に受けるのは危険だと感じてもいる。おそらく私は猜疑心《さいぎしん》が強い人間なんだろう。先入観がないぶん、誰も彼もが疑わしい」

ハルヒロは冷や水を浴びせられたような心地がした。

セトラは間違っていない。というか、セトラが間違うことはそうそうない。

ユメとランタが生きていて、義勇兵団と行動をともにしている。喜ばしいことだ。それが事実だとしたら。現時点では、シノハラがそう言っているだけなのだ。

「もちろん、二人に同行してもらうことも考えました」

シノハラはとくに気を悪くした様子もない。依然として微笑《ほほえ》んでいる。

「ですが、きみたちの記憶の問題もあります。ただでさえこみ入っている状況が、さらに複雑化するのは好ましくない。諸般の事情を考慮して、まずは私が一人で来ることになりました。これは義勇兵団内で話しあって決めたことです。ユメさんとランタくんにも納得してもらっています」

セトラは肩をすくめただけで、何も言わなかった。

シノハラ。オリオンのマスター。隙がない人だ。

ハルヒロはべつに、セトラのようにシノハラを疑っているわけではない、──とも言えないか。

メリイは信じきっているようだが、ハルヒロはシノハラを覚えていないし、セトラはそもそも面識がない。信じてもよさそうな人だ。そんな印象を受けるからといって、本当に信用できる人物なのか。

ハルヒロはただ勘ぐっているだけなのかもしれない。慎重になってはいる。それは間違いない。セトラも同じだろう。

これまではなりゆき任せというか、他にどうしようもなく、目の前にのびている道を歩かされていた。

今は選択肢がある。ただし、自分たちで何が最善なのか考え、決断しないといけない。

ハルヒロは仲間たちを見回した。

「みんな、意見があったら、言って欲しいんだけど」

クザクが、ううん、と首をひねる。

「俺はないかなぁ」

「まだ何も言ってないだろ、おれ……」

「誰か、そのぽんつくを黙らせろ」

とセトラが冷たい声で言う。シホルは力なく笑った。

「セトラサン」

クザクがいきなり真顔になったので、セトラも少したじろいだようだ。

「……な、何だ」

「ぽんつくって、……なんかちょっと、かわいくない？」

「真剣な顔つきで言うようなことか？」

「いや、思ったからさ」

「思ったことをぜんぶ口に出さないと気がすまないのか、おまえは」

「でも、たしかにかわいいかも。ぽんつく……」

メリイが小声で呟《つぶや》いた。

ハルヒロは咳払《せきばら》いをした。皆、黙って注目してくれた。

「——え、と。だから、その、……つまり、おれたちとしては遠征軍の、……ていうかまあ、ジン・モーギス将軍の言いなりになる義理はないわけだし。基本的には、義勇兵団の一員として行動するってことでいいと思う」

全員、ハルヒロの目を見てうなずいてくれた。とりあえず、ここまでは異論はない。そういうことでよさそうだ。

「ただ、……今、遠征軍から離れるかどうかっていうのは別問題で。将軍はおれたちのことを自分の駒だと見なしてる。信頼してはいないだろうけど、取り込もうとしてるっていうか。ここでおれたちが、じゃあ、義勇兵団に戻ります、みたいに動いたらどうなるかっていうあたりも、考えなきゃいけないと思うんだよね」

「まさしく、そこです」

シノハラが義勇兵団の現状を説明してくれた。

これはハルヒロも聞かされていたが、もともと義勇兵団は物資の不足に悩まされていた。じつは、リバーサイド鉄骨要塞を占拠してからも、その点は変わっていないらしい。コボルドの食生活はなかなか独特で、リバーサイド鉄骨要塞には人間が食べられるような糧食の備蓄があまりなかった。現時点ではまだ餓《う》えていないものの、なんとか物資を獲得、もしくは融通しないと、義勇兵団は遠からず食糧難に見舞われるだろう。

それに、敵が集結していると思われるお嘆《なげ》き山《やま》は、リバーサイド鉄骨要塞の北東約十五キロのところにある。オルタナからだと直線距離で四十キロくらいだから、リバーサイド鉄骨要塞のほうがだいぶ近い。

義勇兵団はたった百数十人で五千のコボルドを討ち破り、リバーサイド鉄骨要塞を陥れた。しかしながら、攻めるのと守るのとではまた違う。なんとなく守備側が圧倒的に有利そうだが、実際は条件にもよる。

義勇兵たちは、強力な魔法や突出した個の戦闘力で、大きすぎる兵力差を物の見事に覆してみせた。

だが、百数十人でリバーサイド鉄骨要塞を守ろうとした場合、四面ある防壁のすべてに手が回るだろうか。どこか一箇所でも突破されてしまったら、要塞全体の防御態勢がたちまちのうちに破綻してしまいかねない。

さらに、デッドヘッド監視砦《とりで》から移動したオークの一隊が予想どおりお嘆き山に入っていたら、脅威はいや増しに増す。オークはコボルドよりも格段に手強《てごわ》い種族なのだ。

仮にお嘆き山の敵勢がリバーサイド鉄骨要塞に攻め寄せてきたら、義勇兵団はかなり苦しくなる。守りきれないとなれば、逃げるしかない。

どこに逃げるのか。

ワンダーホールはまずい。義勇兵団はワンダーホール内の拠点で四苦八苦していた。活路を開くために、リバーサイド鉄骨要塞を奪取したのだ。

他にも候補はある。

オルタナだ。

遠征軍が快く受け容《い》れてくれるのなら、だが。

「私としては」

シノハラはやわらかな語調で、しかしきっぱりと言った。

「きみたちにはこれまでどおり、遠征軍の中にいてもらいたいのです。私からの要請を、我々のスパイになって欲しい、と理解してくれてもかまいません。当然、一定の危険はあるでしょう。もし身の危険を感じたら、すぐに離脱してください。その際は我々がきみたちを保護します」

「どうやって保護する？」

セトラがせせら笑う。

「おまえたちはオルタナから離れた安全圏にいる。いざというとき、私たちを手助けできるとは思えないがな」

「我々としては、遠征軍と敵対するつもりはありません。協調できれば一番いい。ですから、スパイといっても、具体的に遠征軍を内側から攪乱《かくらん》するような行動をとってもらうことは想定していません」

「……欲しいのは、情報、……ですか？」

シホルがおそるおそる尋ねると、シノハラは即答した。

「そのとおりです。とりわけ、ジン・モーギス将軍の目的や、今後の行動が意図するところを、できるだけ正確に把握したい。遠征軍と戦うためでは決してありません。我々と彼らが円滑に協力できれば、それに越したことはない。きみたちには、そのための手伝いをして欲しいのです」

断る理由はなさそうだ。

まだ仲間の同意をえてはいないが、おそらくハルヒロたちはシノハラの申し入れを受ける。拒否することはないだろう。

悪くはない。というか、それしかないと思う。

でも、何かしっくりこない。

なぜだろう。

5．裏と表と影と空との間で

もうすぐ日の出がやってくる。

毎日訪れる朝が彼は嫌いだ。

嫌いなものなら他にもたくさんある。枚挙に暇《いとま》がない。

草に覆われた小高い丘に、白い石が散らばっている。夜明け前の薄暗い空の下、ぼんやりと光っているようにも見えるそれらは、まるで茸《きのこ》か何かのようだ。

最初に見たときから、彼はその眺めが嫌いだった。気持ちが悪い。虫酸《むしず》が走る。生理的に受けつけない。

彼はとある白い石の前で足を止めた。石には三日月の紋章と死者の名が刻まれている。

その名を見下ろす彼の顔には笑みが浮かんでいる。

笑いたくて笑っているわけではない。笑いたいことなどめったにない。それでも彼は笑顔を作ることができる。得意と言ってもいいくらいだ。

踵《かかと》で地面を蹴る。

何度も蹴る。

ため息をつく。

見上げると、空に雲が散らばっている。

雲は一見、静止しているかのようだ。でも、動いている。片時も止まってはいない。その形状も一様ではない。

彼は相変わらず笑っている。

「リアルだな」

呟いて、ふたたび白い石に目を落とす。

刻まれた名を読む。

声に出してみる。

何度も繰り返す。

彼の笑みが崩れることはない。

白い石に右足をかける。左足を踏ん張る。右足に力をこめる。墓石は一抱えほどもある。ただの大きな石だが、小揺るぎもしない。

右足をどける。

墓石に靴跡がついている。

彼はそれを笑って見ていられる。おかしくはない。何らおかしくなくても、彼は笑える。嬉《うれ》しくなくても、楽しくなくても、いくらでも、いつまでも、笑っていられる。

「やっぱりとくに何も感じないな」

彼はかすかに首をひねる。

何も感じない。

その表現は果たして妥当なのか。

「リアルじゃない」

うなずいて、歩きだす。

墓石の名を一つ一つ確かめながら、ゆったりした足どりで歩いてゆく。

「ああ、きみはここだったか」

彼は立ち止まった。

墓石に刻まれた名を、できるだけ丁寧に発音してみる。

しゃがんで、墓石に手をふれる。

刻まれた名を指先でなぞってみる。

彼は笑っている。

「なあ、どう思う？　空はあんなにリアルなのに、自分の感情は現実的じゃない。だんだんリアルじゃなくなってきたのか。それとも、最初からそうだったのか。僕はもう覚えていないんだよ。どうだったかな」

答えなど期待していない。

死者は語らない。何も思わない。考えない。そもそも、墓石に刻まれた名を持つ死者が実在したのかどうかすら怪しい。

たとえば、この墓石をどうにかして跡形もなく破壊し、消し去ってしまえば、死者の痕跡は失われる。

思い出は残ると人は言うだろう。しかし、その思い出とやらは脆《もろ》く儚《はかな》い。何か大変なことでもあれば、みんなすぐに忘れてしまう。その程度のものでしかない。

いつかまた思いだすことも、もちろんあるだろう。だが、そのときにはもう、ある思い出は以前のそれとは違っている。

記憶はあやふやで、移ろいやすい。様々な条件、身勝手な解釈に左右されながら、そのときどきに形成される。

泡のようなものだ。

美しく、うっすらと七色に光る、泡。

ふれると割れてしまうから、本当はさわらないほうがいい。

何者かが近づいてくる。彼はとっくに気づいていた。剣を抜くこともできる。断頭剣《ビヘッダー》。見た目はやや小ぶりな長剣でしかないが、岩石に思いきり叩《たた》きつけても刃こぼれしない。れっきとした遺物《レリック》だ。でも、彼はその剣の柄《つか》に手をかけさえしない。

何者か。それは誰なのか。

一応、足音を忍ばせているようだが、気配を消しきれてはいない。それもあって、彼にはおおよそ見当がついていた。だから放っておいた。彼女はすでに彼の背後にいる。

「わっ！」

と、後ろから抱きついてきた。

彼は依然として笑みを浮かべたまま、見るともなく墓石を見ている。

「……くふぅーん。つっまんねー。てんで驚いてにゃいんだもーん」

「僕を驚かせたいなら、もっと工夫したほうがいい」

「こうゆーことするとかぁ？」

彼女は彼の頬に、ちゅっ、と音を立てて口づけをする。

彼は動じない。とりたてて何も感じない。

「驚きはしないけど、そうのしかかられると重くて邪魔だ。どいてくれ、ヒヨ」

「ぬぁんっ。重いとかぁー。乙女に向かって言うことですかねぇ？」

「殺すよ」

彼は淡々と告げただけだ。おそらく本当に斬り殺すことはないだろうが、べつにそうしてもいい。

「……おっかねー。わーかりましたよーだっ」

ヒヨは渋々といったふうに彼から離れた。

彼は立ち上がり、ヒヨを振り返ろうとした。その途中でヒヨ以外の人影が目にとまった。

これには意表を衝《つ》かれた。

ヒヨが姿を現すことはある程度、想定ずみだった。彼はあえてリバーサイド鉄骨要塞にまっすぐ帰らず、この丘に立ち寄ったのだ。ヒヨは来るだろう。そう予期していた。むしろ、ヒヨを招き寄せようと目論《もくろ》んだ上での行動だった。

やたらと背の高い、細長い、という印象を受ける男が、彼からもヒヨからも五、六メートルは離れた場所に立っていた。

山が高く鍔《つば》の広い帽子を被《かぶ》っているので、実際の身長以上に上背があるように見える。その点を加味しても、男の背丈は二メートル近くあるのではないか。

背のわりに肩幅が奇妙に狭い。というよりも、極端な撫《な》で肩《がた》だ。かなり黒ずんだ、赤とも青とも緑ともつかない色の外套《がいとう》を身にまとっている。白っぽい杖《つえ》をついているものの、何かを支えにしなければ歩けないというわけではなさそうだ。

うつむき加減で目深に被った帽子と、長く縮れた黒い髭《ひげ》のせいで、顔の造作はわからない。おそらく人間なのだろう。だが、もしかしたら別の生き物かもしれない。生き物ですらない可能性もある。

男はあまりにも動かない。呼吸をしているのかどうかさえ定かではない。ここから見ただけでは、生命活動の証拠らしきものが一つも存在しない。

「これは」

彼は軽く会釈をした。その間も男から目を離さなかった。

「閂外し卿《サー・アンチェイン》。――開かずの塔から出て、御自らお越しとは」

サー・アンチェインの髭が震えるように揺れた。声を出さずに笑ったのか。

「ヒヨも若干びっくりしたんですけどねー」

と、ヒヨが肩をすくめてみせる。

「ご主人様がご自身でシノっちとお話がしたいとおっしゃるんで」

「光栄ですね」

彼はヒヨを見た。

「でも、僕をふざけた名で呼ぶな。たいして腹も立たないけど、口を閉じさせるのに一番手っとり早い方法を選びたくなる」

「そっ、そんなに怒ることないじゃないですかぁー。ヒヨとシノっちの仲なんだしぃ？ ああっ、ごめんちゃいっ、今のはジョーク、たわいもないフレンドリーなジョーキングですってばぁ！ シ、シノハラ！ シノハラさん、シノハラさま！ これでオッケー？ もお、冗談が通じねーんだからさぁ……」

「きみの冗談はちっとも笑えませんからね」

「いやいや、シノっち、今も現在進行形で笑ってますけど……？ おぅふっ、待った、タンマタンマ、今のはナチュラルに間違えちゃっただけ！ シ、ノ、ハ、ラ！」

「ヒヨ」

サー・アンチェインが低い、しゃがれた声を出した。

「ふぁいっ!?」

ヒヨが跳び上がらんばかりの勢いでサー・アンチェインに向き直り、鉄の棒でもねじこまれたかのように背筋をぴんとのばす。

サー・アンチェインは杖にかけている左手とは逆の右手をゆっくりと持ち上げ、一度だけ左から右方向へと振ってみせた。

「去《い》ね」

「はいにゃーーっ！」

ヒヨは敬礼のような仕種《しぐさ》をすると、回れ右をして駆けだした。しばらくの間はオルタナめがけて走っていたが、わわわわっ、と方向転換し、丘の斜面を駆け登ってゆく。

「あなたがなぜ、あのような者を使っているのか、僕には解《げ》せません」

シノハラは思わず本音をもらしてしまった。

「ふ……」

と、サー・アンチェインは声ともつかない声を出す。

その左手が杖を少しだけ上下に動かした。獣か、あるいは人間なのか、何かの骨で出来ているとおぼしきあの杖も、十中八九、遺物《レリック》だろう。

「人とは、所詮、あのようなものなのではないか」

シノハラはまじまじとサー・アンチェインを見つめた。

この男が、息をしている男なのかどうかも判然としない怪物が、人間を語るとは。

「アインランド・レスリー」

シノハラがもう一つの名で呼びかけると、怪物はゆっくりと顎を上げた。帽子の鍔の下から目らしきものがのぞく。

あれが目なのか。黒目も白目もない。ただの穴ぼこのようだ。シノハラはぎょっとして見直した。穴などではない。眼球ではないだろう。何か黒っぽい物体が眼窩《がんか》に嵌《は》めこまれているのか。ただの義眼ではあるまい。きっとあれも遺物《レリック》だ。

「シノハラ」

「……はい。何でしょう」

「きみは、数少ない、――貴重な、同志だ」

怪物の言葉を素直に受けとるほど、シノハラはお人好《ひとよ》しではない。このグリムガルで目覚めて以来、お人好しだったことは一度たりともない。

「ありがとうございます」

シノハラは笑う。

同志などではない。道具だ。せいぜい走狗《そうく》といったところだろう。

もっとも、怪物はシノハラを有用だと見なしている。それはまず間違いない。

「僕はあなたを恩人だと思っています。あなたと出会わなければ、僕はきっと何の目標もなくそこらを徘徊《はいかい》して回る亡者同然でした。でも、今の僕には目的がある。あなたのおかげです」

「きみのような者がもっといればな」

「彼《かれ》らを引きこもうとして、失敗したんですね。ヒヨがしくじりましたか？」

「不手際か、あるいは、――不確定要素が、不測の事態を招いた」

「不確定要素」

シノハラは怪物の言葉を繰り返した。

彼女のことか。

「あなたは遺物《レリック》で彼らの記憶を消した。ずっと僕らに施してきたように」

「そのとおりだ」

「知らないほうが、覚えていないほうが、何かと都合がいい。覚えていられると不都合が多い、と言うべきかもしれませんが」

「ああ。しかし――」

「彼女は忘れなかった」

メリイ。

特殊な女だとは思えない。

仲間を失った。それがトラウマになって、人格障害のような症状を呈していた。扱いづらい神官。素朴な若者たちと巡りあって好転した。

ありふれたストーリーだ。

彼女と似たような経験をした義勇兵など何人もいるだろう。

「……なぜ、彼女だけが？」

「まったく不明だ」

と怪物は言う。

風が吹きはじめたのか。

いや、そうではない。

その音は怪物の息遣い、もしくは唸《うな》り声《ごえ》だった。

「警戒すべきだろう」

「それを、僕に？」

「きみ以外、誰に頼めよう」

「わかりました。気を配ることにします」

「遠征軍とやらの指揮官は——」

「会いましたよ。ジン・モーギス。彼はどうやら、辺境の王になりたいようです」

「王に」

「狡猾《こうかつ》というのとは違うな。抜け目がない。そこは確実です。豪胆で、冷徹な男だと思います」

「除くべきか」

「どうですかね。彼には決定的に足りないものがあります」

「それは」

「力ですよ」

「恐るるに足らず、か」

「使い途《みち》はあるでしょう」

「どう使う」

「やりようによっては、義勇兵団を抑えこむのは難しくても、牽制《けんせい》することくらいはできるかもしれません」

「義勇兵団」

「ええ」

「きみの手に余るとは」

「ソウマやアキラ、そしてロックたちも、いまだワンダーホールの最奥部から戻っていません。それでも、リバーサイド鉄骨要塞を軽々と陥落させたんですからね」

「ソウマらが戻れば――」

「僕には制御できない。戻ってこなければそんな心配をしなくてもいいわけですが、楽観するのは危険です。彼らはいずれ戻ってくる。ソウマとアキラが力を合わせれば、あなたにとって望ましくない結果がもたらされるかもしれない」

「ジン・モーギス。利用すべき、――と？」

「あなたに僕の助言が必要だとも思えませんが、それも一つの手でしょうね」

「きみは同志だ。その意見は常に傾聴に値する」

「あなたなら遠征軍を操れますよ。死んだ辺境伯のように」

怪物はうなずいた。

シノハラに背を向けて歩きだす。両脚がただの棒きれでしかないかのような、柔軟性を欠片《かけら》も感じない歩き方だ。それでいて、頭や肩はほとんど上下動しない。足音や衣擦《きぬず》れのような音も聞こえない。怪物が影を落としていなければ、亡霊のたぐいだとしか思えないだろう。

シノハラはふと、自分の足許《あしもと》に視線を向けた。

ちゃんと影がある。

「僕は、……――帰りたいのか？　本当に……？」

6. 青き指輪

ゴブリンたちの遺体の焼却が終わると、遠征軍の兵士たちの規律は目に見えて乱れた。

全兵士のだいたい半分が防壁や天望楼《てんぼうろう》の警備につき、残りは瓦礫《がれき》などの撤去、兵営や倉庫として使う建物の整備に駆りだされている。そのうち、そこそこ真面目に仕事をしている兵士は、いいところ二割か三割だろう。あとはだらだらやっているか、頻繁にしゃがんだり座ったりして勝手に休んでいるか。

無断で持ち場を離れる兵士もあとを絶たないようだ。働きたくない、脱走したくても、オルタナからは出られない。できることといったら、そのへんの建物の中で昼寝をしたり、何人かで雑談したり、博打《ばくち》をしたり。探せば、酒はけっこう見つかるようだ。昼間から飲んでいる者も少なくない。

ハルヒロたちは、ジン・モーギス将軍直属の特殊部隊みたいな扱いになっている。それで何か特別な命令を受けているかというと、そういうわけでもない。天望楼内の割り当てられた部屋に閉じこもっていたら体が鈍ってしまうので、一日の大半はオルタナの中を歩き回っている。

こんなことしてていいのかな、と思わなくもない。

さりとて、他にやることもない。

何も命じられていないが、行動に制限はある。ニールやその部下の斥候兵がこっそりと、ときにはあからさまに、しつこくハルヒロたちを見張っているのだ。たとえばオルタナを抜けだしたりしたら、すぐにばれるだろう。

オルタナはこぢんまりとした町だ。三日もすると、一度も足を踏み入れていない通りはなくなった。記憶がないハルヒロでさえ、早くも軽い地元感がある。

とりわけ義勇兵宿舎の周辺は、妙に肌に馴染《なじ》むというか、落ちつくというか。ここにこれがあって、あそこには何が、といった具合に思いだすことはできないのに、なにげなくそのへんを散策していると宿舎に辿《たど》りついたりする。ハルヒロたちは宿舎に長く住んでいたというから、体に染みついているものがあったりするのかもしれない。

義勇兵宿舎の中はずいぶん埃《ほこり》っぽいものの、あらかた無事だ。いっそのこと、天望楼内の部屋ではなく、この宿舎を使わせてもらえないだろうか。

将軍に頼んでみようか。いや、自分から頭を下げて頼みごとなんかしたら、足元を見られるかもしれない。――などと考えていたらニールがやってきて、その将軍がお呼びとのことだった。一緒に夕食を、ただしハルヒロ一人で来い、とのことだった。

非常に嫌ではあったけれども、やむをえない。ハルヒロは天望楼の食堂へと赴いた。

「はろはろはろぉー」

食堂に入ると、先に席に着いていた女が、ハルヒロに向かって手を振ってみせた。

将軍はまだのようだ。かつて辺境伯が使っていたのだろう広い食堂には、ハルヒロの他、問題の女と、辺境軍戦士連隊長アントニー・ジャスティンしかいない。

アントニーは困惑顔でハルヒロに目礼した。何なの、この女？　きみ、知ってる？　とでも問いたげな表情だ。

まあ、知っていることは知っている。だからといって、はい、知り合いです、とも言いづらいというか、言いたくないというか。

「な、……んでここに……？」

「未来の辺境王さま、将軍閣下にお呼ばれしちゃいましたー。にへっ」

にへっ、じゃないよ、ぶん殴るぞ。ハルヒロがもうちょっと暴力的な人間だったら、そう言い放っている。言う前に殴りかかるかもしれない。

ハルヒロはアントニーの隣の席に腰を下ろしてから、しまった、と思った。ひよむーの真向かいだ。

「お元気でしたぁ？」

ひよむーは、二十人ほどがいっぺんに食事できそうな食卓に両肘をつき、組み合わせた両手の上に顎をのせ、ニヤニヤ、ニタニタしている。ハルヒロはずいぶんこの女が嫌いなようだ。自分はあまり女性に対して、この女、といったふうに思ったりはしないほうなのではないか。でも、ひよむーには躊躇《ちゅうちょ》なく、この女、と思える。

「そっちは元気そうだね」

とてつもなく、それはもう本当に、めちゃくちゃ嫌いなんだな。

そう自覚すると、少し冷静になれた。この女に対して感情的になるのは馬鹿馬鹿しい。この女にそんな価値があるだろうか。ない。感情の無駄遣いだ。

「元気ですよぉー？　ひよむーはぁ、いつだって元気、元気、元気なのでーすっ。元気いっぱい、元気印の元気乙女ですからねぇー？　元気っ！　勇気っ！　やる気っ！　ついでに本気っ！　いぇーいっ」

「………………」

「あれあれあれ？　ハルヒロくーん？　ハルハル？　ハルヒロヒロハル？」

「………………」

「リアクション薄くないですかぁ？　何か反応してくださいよぉ」

「………………」

「んっだよぉ？　無の表情してんじゃねーですよ。そういうの、ひよむー的にはいっちばんムカつくんですけどぉー？」

「………………」

「おぉーい。おーいってば。返事しろって、クソボケヤロー」

「………………」

「あー。そういう態度ですかぁ。いいのかなぁ。ホントにいいんですかぁ？　後悔することになっても知りませんよぉ？　ひよむーにはちゃぁーんとペコペコしといたほうがいいと思いますけどねぇー？　将来のことをまぁったく見通せない、短絡タンショーホーケーのドグサレヴァッカヤローなんですかねぇー？　足もクッサそぉーだなぁ、おいぃ？」

よくもまあ、そんな悪口がぽんぽん出てくるものだ。頭にくるというより、むしろ呆《あき》れ果てる。

この女がなぜここにいるのか。それはもちろん気になる。でも、べつにこの女の口から聞かなくてもいい。この女と話しても無駄だ。この女が真実を話すとは思えない。どうせハルヒロを翻弄したり、迷わせたり、騙《だま》したり、この女はそういうことしか考えていないのだ。その手には乗らない。

やがてジン・モーギス将軍が黒外套《がいとう》二名とニールを引き連れて食堂に姿を現した。

ひよむーが、ぴょん、と跳び上がるようにして立ち上がり、アントニーもそれに続いた。

ハルヒロは一瞬、座っていようかな、と思った。まあ、こんなところで意固地になってもさしたる意味はないだろう。立つことにした。

将軍は辺境伯が占めていたのだろう上座に移動して着席した。黒外套たちとニールは、座らず将軍の後ろに立ったままでいる。

「座ってよい」

将軍にうながされ、ひよむーとアントニーが着座する。ハルヒロも椅子に腰を下ろした。しかし、ただ座るのに、なぜ許可されないといけないのか。

将軍は黙然とハルヒロたちを眺めている。お得意の空気感演出か。ああやって沈黙まで駆使して場を支配する。将軍のあれは自然と身についたものなのだろうか。それとも、意図的にやっている技術なのか。

時間が経《た》つごとに喉が渇いてきて、落ちつかない気分になってくる。いずれハルヒロたちは平静を保てなくなるだろう。きっと将軍はそのときを待っている。

将軍が両手を食卓の上に持ってきた。右手の上に、左手を置く。

その人差し指に嵌《は》められている指輪に目を奪われた。

将軍は前からあんな指輪をしていただろうか。どうだろう。していなかったように思うが、断言はできない。少なくとも、今まで気づかなかった。

特別大きな指輪ではない。それでいて、やけに存在感がある。環と台座は金か、金を含んだ合金製だろう。それより、台座に嵌めこまれた青い石だ。

何の宝石なのだろう。かなり白味の強い青だが、薄い色という印象は受けない。むしろ鮮烈で、迫ってくるような青だ。

石自体は丸い。カットや光の加減なのか、花びらめいた形が浮き上がって見える。花びらの数はおそらく三枚だ。三つ葉のようでもある。

「我が遠征軍はよりいっそう団結せねばならん」

将軍が唐突に言って、錆色《さびいろ》の目をアントニーに向けた。

「そうだな、アントニー・ジャスティン」

アントニーは顎を引くようにうなずいて、

「……は」

と応じた。

「私は」

将軍は指輪を嵌めた左手の人差し指で、右手をゆっくりと、軽く引っ掻《か》くように二度、三度と叩《たた》いた。

「天竜山脈の南、アラバキア王国のいわゆる本土に帰還するつもりは毛頭ない。我々は辺境に土着し、この地を楽土となさしめるだろう。そのためには、屈強な指導者と、これを支える賢明で忠実な者たちの力が必要不可欠であることは言うまでもない。異論はあるか、ハルヒロ」

「……おれ？」

思わず小声で呟《つぶや》いてしまった。

「そうだ」

将軍は間を置かず詰めてくる。

「私の考えが間違っていると思うのなら、指摘するがいい」

「いや……」

ハルヒロは目を伏せてしまいそうになったが、それはなんとかこらえた。でも、将軍の眼差《まなざ》しを受け止めながら返事をするのは、精神的にそうとうきつい。

「……間違っては、いないんじゃないかと」

「では、賛同するのだな」

「そう、……ですね。一般論としては、まあ」

「私はアラバキア王イデルタより預けられた遠征軍を解体し、新たなる辺境軍として再編するつもりだ。生まれ変わった辺境軍はアラバキア王国の軛《くびき》を脱し、独自の行動をとる」

将軍は強い言葉を使う。よどみなくしゃべる。口を挟んだら叩き潰されそうだ。

「もとより、この辺境はアラバキア王国の版図ではない。辺境は我々のものだ。私が言う我々には、人間のみならず、すべての種族が含まれる。利害さえ一致するのであれば、どの種族、どの勢力とも手と手を取りあうべきと私は考える。我ら新生辺境軍がこの地で生き残り、しっかりと根を張り、確固とした領土をえて、独立国として存立するため、とりうる手段があるのならば選択することをためらいはしない。あらゆる可能性を探るべきだ。たとえそれが常識外の方法であったとしても、実現の望みがあるのならば試さぬ手はない。このような決断を下せる者こそが、真に屈強な指導者なのではないか」

他でもない、自分自身がそれにあたる。赤毛の将軍はそう言いたいのだろう。というか、ほとんど明言している。自分こそが指導者に、つまり王になって、アラバキア王国の遠征軍ではなく、新たなる辺境軍を率いるのだ、と。

ひよむーは、将軍に呼ばれて来た、というようなことを言っていた。たしかあのとき、将軍を、未来の辺境王、と呼んでいなかったか。

ひよむーは前々から将軍と繫《つな》がっていたのだろうか。それとも、この数日の間に接触し、急接近したのか。いずれにせよ、ひよむーはあらかじめ将軍の決意を聞かされていたのではないか。

ジン・モーギスは、ひよむーというかそのご主人様、開かずの塔の主と、手を組むことにしたのかもしれない。

「あ、あの……」

と口に出してから、ハルヒロは後悔した。ひよむーは信用しないほうがいい。どうか考え直してほしい。将軍が友人なら、そう忠告する。将軍を尊敬していて、忠誠心を持っているのなら、諫《いさ》めるべきだ。しかし、そのどちらでもない。それに、ハルヒロが誠意をこめて何か言ったとしても、将軍は聞き容《い》れないだろう。

「何だ」

将軍が無表情で訊《き》く。

ハルヒロはうつむいて首を振った。

「……なんでもない、です」

ひよむーが含み笑いをしている。あの女。頭に血が上りそうになるが、深刻な怒りには発展しない。キレている場合でもないし。

ハルヒロたちは現状、ジン・モーギス将軍の勢力に属している。本意ではないが、そういう形になっている。これは認めざるをえない。

ひよむー、ひいては開かずの塔の主は、ハルヒロたちから記憶を奪ったようだ。どう考えても味方ではない。敵だろう。

ところが、その敵が将軍と手を結んだらしい。

でも、おれたちは義勇兵だから。そう思いたい。しかし、心のよりどころにできるほど、自分たちは義勇兵だと強く実感しているのか。正直、そこまでじゃない。シノハラの要請でスパイ的な役回りを引き受けている。それも、納得していないわけではないが、気持ちよくはない。

これは、かなり厄介なことになっているのではないか。

「言いたいことがあれば、何でも言うがいい」

将軍はハルヒロに微笑《ほほえ》みかけた。

「きみらのことはあてにしているのだ。やってもらわねばならんこともある」

できることなら、白目を剝《む》いて気絶したい。冗談抜きで、ハルヒロは本当に逃げだしたかった。やってもらわねばならんこと、とは何なのか。絶対、めんどくさいことだ。将軍は是が非でもハルヒロたちにそれをやらせるつもりなのではないか。

「食事を」

将軍が右手を挙げると、黒外套の一人が食堂から出ていった。給仕係を呼びにいったのだろう。

将軍はオルタナ奪回後、輜重《しちょう》部隊の中から選抜した二十人程度を天望楼《てんぼうろう》内に配置換えした。彼らはもう兵士ではない。調理係だったり、掃除洗濯係だったりする。将軍は天望楼を自身の宮廷にしたいのだろう。人材難で、先行きは決して明るくなさそうだが。

「オルタナは自由都市ヴェーレと交易していたそうだな」

将軍に水を向けられて、ひよむーがうなずく。

「です、です。ヴェーレは赤の大陸とも取引してますからねぇ。もっちろん、海の幸もうまうまですし」

「人も、男女問わず大勢が住んでいる」

「種族問わず、と言ったほうがいいかもしれないですけど。何でしょー。街ってよりも、ヴェーレは都市国家みたいな感じでしょーかねぇ」

将軍は右手の指で、左手の人差し指に嵌めた指輪をしきりといじりはじめた。

やがて白い前掛けをつけ、同じく白い布で頭を覆った給仕係たちが料理を運んできた。焼いて少し味をつけた肉や野菜、パン、まんじゅうや団子のようなもの、といった、食材の味を生かしたシンプルな品々だ。調味料は塩とごく少量の香菜くらいしかないので、食材の味に頼るしかない、と言うべきかもしれない。

給仕係は壺《つぼ》に入った酒も持ってきて、ハルヒロたちの前に置いた杯に注いで回った。その際、必ず酒がいくらかこぼれて食卓を汚したが、将軍でさえ気にする様子はない。

「まずはダムローのゴブリンだ」

将軍はそう言うと杯を手にして掲げた。

ひよむーとアントニーも杯に手をのばした。ハルヒロはそれどころではなかった。

ダ、ム、ロ、ー、の、ゴ、ブ、リ、ン、——って……？

「どうした」

将軍が首をひねった。ハルヒロを見ている。

「あ、……いや」

ハルヒロは慌てて杯を持った。

いや。

いや？

いや、じゃなくない？

「……ゴブリン？」

「私は」

将軍はわずかに両眼を細めた。

「ダムローのゴブリンとは、同盟を結べる。少なくとも、その余地はあると考えている」

「はぁっ!?」

と、アントニーが目を剝いた。

「それは、――……ど、同盟ですと!?　ゴブリンと、……同盟……!?」

「そのとおりだ」

将軍は平然と答えた。

「使者を立てねばならん。まずは、ダムローの新市街にいるゴブリン族の王、グァガジンとやらに、こちらの意向を伝えねばな」

ハルヒロは杯を食卓に置いた。

ひよむーが肩を揺らして、くくっ、と笑っている。

最悪だ、あの女。

「どうした？」

将軍がふたたびハルヒロに声をかけた。いや、どうもこうもない。やってもらわねばならないこと。よりにもよって、それか。

ハルヒロが黙りこくっていると、将軍は杯を持ち上げた。

「愛すべき辺境に」

乾杯、とは直接言わずに杯を呷《あお》る。ひよむーも酒杯を傾けた。アントニーはまだ呆然《ぼうぜん》としているようだが、一口だけ飲んで杯を食卓に戻した。

「さあ、腹が減っては何とやらだ」

将軍に勧められても、料理に手をつける気にはなれない。食欲は皆無だ。今すぐ席を立ちたいが、やはりまずいだろうか。自分だけの問題ではない。仲間もいるわけだし。ハルヒロが何かへまをやらかしたら、仲間たちを道連れにしてしまうかもしれない。なんとしてもそれは避けたい。

頭の中がぐちゃぐちゃだ。

どうすればいいのか。よくわからない。今すぐには。

食事中に将軍から具体的な指示があるのかと思いきや、とくにそういうことはなかった。ややや拍子抜けではあったが、ハルヒロは出されたものにほとんど手をつけなかった。将軍が夕食を平らげて散会を告げるまで、我慢して椅子に座っていた。それが精一杯だった。

食堂をあとにして部屋に戻ると、クザクが血相を変えて躍りかかってきた。

「ハルヒロ！」

「な、何？　ど、どうした？」

「シホルサンが！」

「えっ」

見れば、部屋の中にはクザクとメリイ、セトラ、キイチしかいない。メリイの顔がひどく青ざめている。めずらしいことに、キイチがセトラではなくメリイのそばにいるのは、心配して励まそうとしているのか。セトラは腕組みをして眉根を寄せている。

「ど、どどどど、どうしよう!?」

クザクはハルヒロの両肩をつかんで揺さぶった。

「シホルサン、ずいぶん前にトイレ行ったっきり帰ってこなくて！　こういう言い方はあれだけど、腹でも壊したのかなって、最初は！　でもさ、それにしても時間かかりすぎだし、捜したんだけど、いないんだよ！」

「わかった。わかったから。ちょっと落ちつけって」

「ご、ごめん！　だよね、落ちつくわ！」

クザクはハルヒロから離れて、すう、はあ、ふう、と深呼吸をした。

「——で、でででっ、どっ、どど、どうしよう!?　ハルヒロ、どうしたらいい!?　シホルサンが行方不明なんだよ、やばいよね、これって!?　どうしたらいいか、ぜんぜんわかんなくてさ……！」

「ぜんぜん落ちついてないだろ、おまえ……」

「落ちつけなかった、ごめん！」

ハルヒロはセトラやメリイからも話を聞いた。

シホルは一人で部屋を出た。クザクはトイレに行きたくなると必ずハルヒロを誘ってきてうざいが、女性陣によるとシホルはそういうことはないようだ。小用だとシホル自身が明言したわけではない。でも、それ以外に考えられない。メリイもセトラもそう請け合った。とくにふだんと変わったところはなかったという。

どうも遅い、遅すぎる、と言いだしたのはセトラだった。まずメリイとセトラがトイレなどを見にゆき、それからクザクも捜索に加わった。この部屋がある天望楼の一階はひととおり確認したのに、シホルはまだ見つかっていない。

「誰か、……シホルを見かけた人はいないのかな？」

天望楼には、黒外套《がいとう》たちなど遠征軍の兵士が、常時五十人かそこらはいる。

「訊いてはみたんだけどね」

クザクは渋面を作った。

「どいつもこいつも見てないとか知らんとか。俺たちのこと、あからさまに無視するやつもいたりするし。まったく協力的じゃなくてさ。何なんすかね、あいつら。マジむかつくんだけど」

「私には正直、判断がつかないんだが」

セトラがメリイに尋ねた。

「シホルは突然、自分からいなくなるような人間なのか？」

メリイは首を振ってみせる。

「それはないと思う。みんなに迷惑をかけたくない。そういう気持ちが誰よりも強い子だから」

「だとしたら――」

と、セトラはハルヒロを見る。

シホルが自分の意思で行方をくらませたというのは、もともとありそうにない。シホルは用を足すか何かするために部屋を出た。すぐに帰ってくるつもりだったが、それを何者かが妨げた。そして、シホルは今現在、仲間が待つこの部屋に戻ろうにも戻れない状況に置かれている。

ハルヒロは奥歯を噛《か》み締めた。首と肩の境目あたりをさわる。だいぶ凝っている。

「……ひよむーがいたんだ。食事の席に」

「ひよっ……!?」

クザクが叫んだ。

「――って、あの、……えぇぇっ!?」

「いつの間にか、将軍とひよむーが手を組んでた。それに、将軍は、……ゴブリンとも同盟するつもりらしい」

「ゴゴッ、ゴブッ……!?　ななんっ、何なんすか、それ!?」

「そのことがシホルの失踪に関係している。おまえはそう考えているのか」

セトラはあくまでも冷静だ。

「わからない」

ハルヒロは正直に答えた。

「でも、将軍はたぶん、おれたちをダムローに行かせる気だと思う。匂わせるだけで、はっきりとは言わなかったけど。将軍はおれたちを駒として使いたい。でも、……おれたちを信用してはいない」

メリイがはっと息をのんだ。

「まさか、……シホルを、人質に？」

「なるほどな」

セトラは淡々と言った。

「もしそうだとしたら、私たちはいやでも将軍の言うことを聞かざるをえなくなる」

ハルヒロたちは部屋を飛びだした。将軍は二階の大広間か、辺境伯が居室にしていた暖炉部屋、もしくは三階の主寝室にいるはずだ。

ところが、四人の黒外套たちが二階への階段を封鎖していた。

「将軍は上ですよね。訊《き》きたいことがあるんで、会わせてもらいたいんだけど」

「こっちは急いでんだよ！」

ハルヒロやクザクが詰め寄っても、黒外套たちは、誰も通すなと命じられている、の一点張りだった。放っておいたらクザクは強行突破しかねない勢いだが、さすがにそれはハルヒロが押しとどめた。シホルが人質にとられているかもしれないのだ。迂闊《うかつ》なことはできない。

「せめて将軍に伝えてもらえないかな。おれが会いたがってるって、それだけでも」

「将軍から我々が仰せつかったのは警護であり、伝言役ではない。命じられていないことを勝手にすれば、将軍からお叱りを受ける」

黒外套たちは薄笑いを浮かべ、愉《たの》しげですらある。

「わかったよ！」

クザクは床に座りこみ、腕組みをした。

「通してくれるまで、俺は絶対、こっから動かない！　ずっとここに居座るんで、そのつもりで！」

黒外套たちはどっと笑った。

「そこまで言うなら、絶対、動くなよ」

「だから、動かないって言ってんだろ！　あんたらは交代できるだろうけど、俺はそうはいかないからな。俺一人で粘れるだけ粘ってやる！」

「そんなことをして、何の意味がある？」

呆《あき》れ果てた顔でセトラが言うと、クザクは振り返って、

「意味っすか？　意味、は、……よくわかんないけど。なんとなく？　何だろ。気合い見せる、みたいな……？」

ハルヒロはクザクの肩に手を置いた。

「行くぞ、クザク」

「え？　行くって？」

「一回、部屋に戻ろう」

「や、でもさ」

「戻るぞ」

「……うん」

クザクは立ち上がった。肩をすぼめてうなだれ、眉をハの字にし、口を尖《とが》らせている。そんなにしょんぼりされると、こっちまで気が滅入《めい》ってくるのでやめて欲しい。

「元気出せ。……何か考える」

「……うっす」

しかし、いくら考えてもこれという打開策が浮かばないまま、時間だけが過ぎた。

クザクは夜半過ぎには寝入って鼾《いびき》をかきはじめた。セトラはキイチを抱いて横になっている。メリイは眠れないようだ。

ハルヒロは何度か部屋を出て階段の様子を見に行った。階段には常に三人か四人の黒外套がいるようだ。バルバラ先生に叩《たた》きこまれた盗賊技術の粋を尽くして、なんとか気づかれずに通り抜けられないものか。真剣に検討してみたが、さすがに難しいだろう。

シホルのことを考えずにはいられなかった。どんな目に遭わされているのか。ひどい仕打ちを受けているということはないと思う。そう思いたいだけか。いや、しかし、人質なのだとしたら、ある程度は丁重に扱うはずだ。人質の身の安全を保証する代わりに、何かを要求する。常識的に考えればそうだが、どうだろう。相手はあのジン・モーギスだ。殺さなければいい。生きてさえいれば、人質としての利用価値はある。そんな考え方をするわけがない、とは言えない。むしろ、充分ありえそうだ。

今ごろシホルはどうしているだろう。無事だとしても、監禁されて自由を奪われているに違いない。当然、ハルヒロたち以上に不安だろう。女の子なのだ。

そう。口に出さないようにしているが、そこが心配だ。

男と女とではやはり違う。

大きく違ってくる。

遠征軍は完全な男所帯だ。しかも、行儀のいい連中ではない。それどころか、最低限の礼儀すらわきまえていないような男が大半だ。

じつは、これまでもメリイとシホル、セトラの三人は遠征軍の兵士たちに狙われていた。今のところ実害は、卑猥《ひわい》な言葉を投げかけられたり、遠巻きにされたり、といった程度だが、飲酒などで箍《たが》を外した兵士がいつ襲撃してくるかもしれない。それでも、天望楼《てんぼうろう》の中にいる間は、まだしも危険が少ないという意識があった。

油断していたのか。そうかもしれない。

もっと注意しておけばよかった。たとえ天望楼内であっても、単独で行動してはいけない。ちゃんとそう言い含めておくべきだった。メリイかセトラが一緒なら、複数名の黒外套や斥候兵に取り囲まれたとしても、むざむざと捕まりはしなかっただろう。

こんなことが起こるとはまったく予想していなかった。

甘かったのだ。

そのせいで、シホルは一人、どこかに閉じこめられている。それだけならまだいい。シホルは逃げられないように拘束されているだろう。きっと見張りくらいはつけられているはずだ。

将軍は、シホルを傷つけてもいい、とは言わないかもしれない。だが、見張りは理性を保っていられるだろうか。あまり期待できそうにない。

黒外套がいるからどうとか、そんなことを言っている場合なのか。実力行使でも何でもして、一刻も早くシホルを捜しだし、救出するべきなのかもしれない。さもないと、取り返しのつかないことになる。少なくとも、その可能性はあるだろう。

すでに手遅れかもしれない。シホルに危機が迫っている。けれども、今のところはまだ大丈夫だ。だから、急がなければ。ハルヒロはそう思おうとしているが、明確な根拠があるわけではない。

殺すことはないだろう。それもまた希望的観測でしかないのではないか。将軍にしてみれば、人質をとっている、とハルヒロたちに信じさせれば事足りる。べつに人質が生きていなくてもいい。人質は生きている。こちらの言いなりになれば返してやる。そう嘘《うそ》をついてハルヒロたちを操れるのなら、それでもかまわないはずだ。

最悪、シホルはなぶりものにされた挙句、殺されてしまっているかもしれない。

そんなことはない、と信じたい。もしそうなっていたら、ハルヒロはたぶん立ちなおれないだろう。いや、立ちなおるも何も、その前にジン・モーギスとシホルを傷つけた者たち全員に、必ず報いを受けさせる。絶対に許しはしない。どんな手を使ってでも、連中を皆殺しにしてやる。

仲間が拉致されたら、どうしてもいろいろと想像を巡らせ、いいことよりも悪いことばかり考えてしまう。感情が激しく揺さぶられ、精神的に疲弊する。

将軍がそこまで読んでこのやり方を選んだのだとしたら、恐ろしい。

もしハルヒロが将軍の立場だったとして、自分で考えつくか、部下なり何なりに提案されるかして、その手は使えると思ったとしても、逡巡《しゅんじゅん》する。というか、無理だ。とてもではないが、実行できない。でも、ジン・モーギスならやるだろう。

もしかしたら、ひよむーの入れ知恵かもしれない。あの女の考えそうなことだ。知らないのだが。ひよむーのことなど、たいして知りはしない。知りたくもない。

いずれにせよ、認めたくないが、認めるしかない。

これは本当に有効な一手だ。

翌朝、ニールが部屋の扉を叩くまで、ハルヒロは一睡もできなかった。

「将軍がお呼びだ。朝飯がてら、何かおまえらに頼みたいことがおありのようだぜ」

7. 僕らはただ動揺して立ちすくむだけ

ていたらしい。

オルタナの北西約四キロにあるダムローは、かつてアラバキア王国第二の都市と称され

その起源はとても古い。どうやら、確かな記録が一つも残っていない時代にも、この地に住む者はいたようだ。

人間たちは昔から様々な動機で南を目指した。そのほとんどが、風早荒野《かざはやこうや》を越えてダムローと呼ばれる場所に集った。一部は定住して家を構え、世代を重ねた。やがてアラバキア王国が代官を置き、統治するようになった。

人間族の一大拠点だったダムローは、旧市街と新市街に大きく分かれている。

すぐそこの建物はもともと二階建てだったのだろうが、形を保っているのは一階部分だけだ。あの瓦礫《がれき》の山から突きだしているのは柱なのか。柱と柱の間に渡された梁《はり》の上を、小動物が歩いている。高さがまちまちの囲いは、塀なのか、壁だったのか。

見渡す限り、廃墟《はいきょ》、廃墟、廃墟と、その残骸だ。壁や天井が完全に残っている建物は多くない。それどころか、皆無と言ってもいいだろう。

「静かだよね……」

クザクが呟《つぶや》いた。

途端にどこか遠くから、アァァガアァッ、というような叫び声が聞こえてきた。

「……まったく」

斥候兵ニールが洟《はな》を啜《すす》ってぼやく。

「とんだ貧乏籤《くじ》だ」

それ、こっちの台詞《せりふ》なんだけど。そう吐き捨てたいのは山々だが、ニールとは口をききたくない。できるだけ心を乱したくないのだ。やりたくてこんなことをやっているわけではないが、やらざるをえない以上、被害を出さずに完遂したい。それは至難かもしれないと予想せざるをえないとしても、だ。

「しっかし、いますねぇ。いまくりやがりますねぇ。ゴブの介ゴブ三郎どもがぁ」

一体全体どういうつもりでハルヒロの隣を歩いたりしているのか、クソツインテールの面の皮が厚すぎるクソ女が、ぬっふふふ、と笑う。クソが。

ハルヒロとしても、クソとか、クソ女とか、とことんクソすぎるとか、そんなことは思いたくない。でも、これぱっかりはしょうがない。まず、姿形が嫌いだ。声や言葉遣いも不快だ。近くにいるとなんとなく感じる体温、気配まで不愉快だ。ひよむーという存在、そのすべてが、ハルヒロの神経を逆撫《さかな》でしてやまない。

そばにひよむーがいるだけで、とんでもなくどす黒い感情が尽きることなく湧いてくる。ものすごい憎悪と嫌悪だ。少々驚いているし、微妙にショックでもある。一人の人間をここまで嫌いになってしまえるなんて。我ながら、ちょっと異常なのではないか。そんなふうにも思えてくる。

過去の自分はどんな人間だったのか、記憶がないのでハルヒロ自身、いまいちわからない。でも、きっと善人ではなかったのだろう。善良な人間なら、こんなふうに誰かを憎んだりしない。たとえそれがひよむーであったとしても。

いや、もしかしたら、ひよむーは例外かもしれない。何せ、ひよむーだ。

ハルヒロは正直、手の届く距離にひよむーがいるという事実を、どうにかして否認したい。いっそ、忘れてしまえたらどんなにいいだろう。もちろん、不可能だ。忘れられるわけがない。実際、ひよむーはそこにいる。

結局、受け容《い》れるしかないのか。しかし、嫌なものは嫌だ。受け容れたくない。

わかっている。子供じゃないのだから、嫌だろうと何だろうと我慢するしかない。みんな、そうしている。我慢して、耐え忍ぶ。集中するのだ。

とりたてて早足で歩いているわけでもないのに、脈が速い。ひよむーのせいだ。またむかむかしてきた。いけない。なるべくゆっくりと呼吸して、視野を広く。自分、いや、自分たちを俯瞰《ふかん》で見る感覚だ。

そうすると、必然的にひよむーも視界に入ってしまうわけだが、動くにんじんか何かだと思えばいい。

ひよむーなんかと置き換えたら、にんじんに悪いだろうか。にんじんはべつに嫌いじゃない。とくに好きでもないが。まあ、好きでも嫌いでもない。

にんじん。案外、いいアイディアなのではないか。好きでも嫌いでもない、ということは、そこにあっても心がざわつかない。

にんじん。

ひよむーは、動くにんじん。

にんじんに罪はないし、若干心苦しいが、ここは一つ、そう思うことにしよう。

隊列は先頭にハルヒロ、動くにんじんがほぼ並んでいて、クザク、メリイ、セトラとキイチ、ニールが最後尾についている。

アァッ、ギャッ、とまた遠くでゴブリンがわめいた。

そう。

ここはダムロー旧市街、ゴブリンたちの巣窟だ。

廃墟の屋根の上や、崩れかけた二階に、ゴブリンの姿がある。積み重なった瓦礫、柱の陰などから、ゴブリンが顔を出していたりもする。

ハルヒロたちが近づいてゆくと、どのゴブリンも身を隠す。あるいは、逃げてゆく。

ときどき、声で威嚇してくる。一度だけだが、とうていこちらに届きそうにない場所から、ゴブリンが石ころを投げてきた。

いずれにせよ、今のところ、襲いかかってくるようなことはない。旧市街のゴブリンは、不安そうにハルヒロたちの動向をうかがっている。

「所詮、新市街から追放されたはぐれゴブどもですからねぇ」

動くにんじんは完全に高をくくっているようだ。足をすくわれて、地獄に落ちてしまえばいいのに。でも、状況が状況だけに、そうなるとこっちまで巻き添えを食ってしまう。難しいものだ。どうにかして、動くにんじんだけ何とかできないだろうか。

「旧市街のザコゴブども、ゴブ王には逆らえませんから。本気を出した人間の義勇兵にも勝ち目がないって、わかってるんですよ。所詮、ザコクソザコッピなんです。無視しちゃってオッケーですから。こっちが堂々としてれば、かかってきやしませんて」

ハルヒロたちは沈黙を守っている。ハルヒロだけではなく、メリイ、セトラ、クザクも、動くにんじんとコミュニケーションをとる気はまったくなさそうだ。

動くにんじんが舌打ちをした。にんじんのくせに、無視されて苛立《いらだ》っているらしい。

ややあって、ニールが口を開いた。

「まあ、とりあえずはそんな感じだな……」

ニールはジン・モーギス将軍の部下で、動くにんじんは将軍の同盟者の代理人だ。ニールにしてみれば、相手はにんじんでしかないとはいえ、それなりに気を遣わなければならない。そういうことなのか。

どうか二人で仲よくやって欲しい。こちらとしては、最小限の関わりですませ、やるべきことを無事に終わらせたい。そして、シホルを返して欲しい。

ハルヒロたちに課せられた任務は、以下のとおりだ。

ダムロー旧市街を抜けて、新市街に乗りこむ。

新市街にいるらしい、ゴブリン族の王《モガド》、グァガジンに会う。

ジン・モーギス将軍の要望を告げ、返答をもらう。

オルタナに帰還して、将軍にモガド・グァガジンの答えを伝える。

じつは、将軍からシホルを拉致したとの言質をとることはできなかったのだが、「きみらが務めを果たせば、すべて収まるべき場所に収まる」とは言われた。さすがにあれはシホルを無事解放するという意味だろう。そうでなかったとしたら、ハルヒロたちは問答無用で実力行使に踏み切らざるをえなくなる。その際は手段を選ばないだろう。

なお、ニールは監視役だ。モガド・グァガジンとは、動くにんじんが交渉するのだとか。ゴブリンと意思の疎通が図れるとは思えないが、動くにんじんにはできるらしい。にんじんだから、ゴブリン語を話せるのか。にんじんだけに？　よくわからないが、何か手があるのだろう。できもしないのに、ゴブリンの本拠地に入りこんだりはしないはずだ。

どう考えても、安全ではありえない。

ダムローは正真正銘、敵地なのだ。

ついこの間まで、オルタナはゴブリンたちに占領されていた。

連中は大勢の人間を殺した。

それだけではない。人間の亡骸《なきがら》を食糧にした。

ゴブリンは同族の死体も食するようだから、悪気はないというか、他意はなかったのかもしれない。死んだ生き物を食べて何が悪いのか。おまえらだって獣の肉を食っているではないか。そう言われたら返答に困る。しかし、その点を差し引いたとしても、ゴブリンと人間族とは明らかに敵同士だ。

もっとも、動くにんじんが言うように、この旧市街のゴブリンはどうやら新市街のゴブリンとは毛色が違う。言うなれば、旧市街ゴブリンはゴブリン社会の底辺、最下層だ。

旧市街ゴブリンは、オルタナを占領していたゴブリンたちと比べてみすぼらしい。個体差はあるにせよ、体格も総じてよくないようだ。南征軍によるオルタナ攻撃にも、彼ら旧市街ゴブリンは動員されなかったらしい。

幸か不幸か覚えていないが、五年くらい前、ハルヒロたちはダムロー旧市街に連日通いつめていた。

ここで何をしていたのか。むろん、ピクニックをしていたわけではない。仕事だ。稼ぎに来ていた。狩りだ。ハルヒロたちはゴブリン狩りに精を出していた。義勇兵になりたての初心者にとって、ダムロー旧市街は絶好の狩り場なのだという。

多くの見習い義勇兵たちが、この旧市街で経験を積み、自分の手で生き物を殺《あや》めることに慣れていった。そうやって一人前の義勇兵になり、ここから巣立っていったのだ。ハルヒロもまた、その中の一人だった、ということだろう。

だが、ゴブリンだって生きている。当然、やられっぱなしではない。

見習い義勇兵時代、ハルヒロたちは旧市街でマナトという仲間を失った。そのことはメリイから聞いて知っている。

かたきは討った。仲間の命を奪った旧市街ゴブリンに、ハルヒロたちは復讐《ふくしゅう》した。殺し、殺され、また殺して、殺される。不毛というより、ひどい連鎖だ。どこかで断ち切らないと、いつまで経《た》っても終わらない。ただ、覚えていないとはいえ、ハルヒロは旧市街ゴブリンを殺めた。殺戮《さつりく》したのだ。無益な殺し合いはやめよう。そんなことを言えた義理ではないから、口には出さない。旧市街ゴブリンが攻めかかってきたら、迷わず応戦する。情けをかけたりはしない。でも、やりあわずにすむのなら、そのほうがいい。

そういうわけにもいかないのか。

「グンギャッ！」

と、ゴブリンの怒声が飛んできた。

近い。

後ろだ。

ハルヒロは振り返る。左後方十メートルかそこらの廃墟《はいきょ》だ。二階建てだが、半壊している。一階も二階も半分くらいしか残っていない。その二階部分だ。いる。ゴブリン。穴だらけの鎖帷子《くさりかたびら》を身につけている。手に持っているのは、槍《やり》か。短い槍だ。投げるつもりか。すでに投擲《とうてき》動作に入ろうとしている。

「クザク……！」

ハルヒロが声をかける前に、クザクは大刀を抜いていた。振り向いて駆けだす。槍が飛んでくる。クザクが大刀を一閃《いっせん》、槍を叩《たた》き落とした。ニールが叫ぶ。

「あっぶね！」

いや、気づけよ。ハルヒロは短剣を抜いてあたりを見回しながら、声には出さずにニールを罵る。何のために後ろにいるんだか。油断するなよ。いるだけじゃなくて、役に立ってくれ。

「──んなろぉ、クッソザコゴブの分際でぇ！」

動くにんじんは、丸っこいぬいぐるみのような髪飾りだか頭飾りだかを握り締め、あちこちに目を配っている。ちなみに、あんな見た目ではあるが、あの丸っこいものはれっきとした遺物《レリック》らしい。

「移動する……！」

ハルヒロが右手前方の廃墟めがけて走ると、全員遅れずについてきた。

この廃墟は一階建てだ。壁は三分の二ほど残っているが、天井はすっかり崩れ落ちている。中にゴブリンはいない。ぱっと見ただけでそれは確認できた。

廃墟を背にしつつ、皆で分担して全方位を視界に収められるような位置取りをする。キイチは壁を駆け登って、梁《はり》の上に立った。

ニールは腐っても現役の斥候兵だ。気を抜きさえしなければ、ひととおりのことはできる。でも、動くにんじんまで協力的というか協調的というか、パーティの一員のような動きを見せたのは少々意外だった。動くにんじんことひよむーの来歴は不明だが、義勇兵の経験があるのかもしれない。

「南に五」

セトラが落ちつき払って言うと、メリイが続いた。

「西、三」

「東は五かな」

クザクは首をひねって、

「いや、六か。八かも」

と曖昧なことを言い、ニールに訂正された。

「十四以上いるだろ。どこに目えつけてやがるんだ」

ハルヒロは仲間たちが発見したゴブリンの姿をざっと確かめた。

「統率されてるな……」

きっとばらばらに動いているのではない。リーダー格がいる。どこだろう。

「東、突撃してきそうだ。俺が抑える」

クザクは大刀を構えた。

「援護は最低限で大丈夫なんで」

「南方面と西方面の敵が合流しようとしているみたいだぞ。東は陽動なんじゃないか」

セトラが淡々と指摘した。

「北が怪しいです」

とひよむーが言いだした。

「さっき、ちらっと一匹だけ顔を出して、隠れました。あのゴブ、めっちゃ怪しい」

「ここは俺たちに任せろ」

ニールが嫌みたらしく笑ってハルヒロの肩を押した。

「行ってこいよ、ヒーロー」

蹴ろうかな。一瞬、思った。もちろん、そんな無駄なことはしない。

北か。今はそれらしいゴブリンはいない。ひよむーの言うことが信じられるのか。人間としてはまったく信用できない。ただ、この局面を切り抜けられないと、ひよむーだって困るだろう。そもそも、ひよむーとその主人、開かずの塔の主は、ハルヒロたちに危害を加えたがっているわけではない。開かずの塔の主とは何者なのか。現時点では定かではないが、彼もしくは彼女には何らかの目論見《もくろみ》がある。それを実現するために、ハルヒロたちを利用しようとしているのだ。

「クザク中心に迎撃。セトラ、指揮を頼む。おれは敵の頭を見つけて潰す」

ハルヒロは仲間たちの返事を待たなかった。自分自身が地面の下まで沈みこむ。そんなイメージだ。――隠形《ステルス》。

すぐにその場を離れて、北へ、北へと移動する。道の真ん中をふらふら歩いたりはしない。なるべく廃墟や瓦礫《がれき》、それらが落とす影に身を隠して進む。

ときおり道を横切る。恐怖はない。感覚的、直感的に、としか表現できないが、見つかりそうなときはわかる。今は見つからない。

クザクたちは交戦している。振り返りはしない。大丈夫だ。任せていい。

探すのではない。見つけようとするとかえって見落としがちだ。広く、広く、全景を見る。動くもの、環境に馴染《なじ》まない形や色があれば、勝手に注意が向く。

いた。ゴブリン。連中の肌はおおよそ黄緑色だ。廃墟や瓦礫は、苔生《こけむ》していたり、蔦《つた》や蔓《つる》が絡んでいたりするので、保護色になっていなくもない。それでも、動けば目立つ。

右前方、およそ三十メートル、二階建ての大きな廃墟。一階はしっかりとしている。二階は半分ほど崩壊し、まるでひどく散らかったテラスのようだ。

ハルヒロは手近な廃墟の外壁に背を預け、問題のテラスを観察する。テラスには今、ゴブリンが二匹いる。横倒しになった箱形の家具の陰にしゃがむか座るかしていて、ときおり顔を出す。

あの二匹だけか。違う。二階は三分の二ほどがテラス状に成り果てているが、残りの三分の一は天井も壁も残っている。そこには階段もある。

一匹のゴブリンが階段を上ってきた。テラスの二匹と合流しようとしているのか。低い姿勢で走る。家具の陰に駆けこんだ。

ハルヒロは問題の廃墟を目指して進む。テラスのゴブリンたちは周囲を警戒している。こっちも少し気をつけないといけない。

問題の廃墟に到達した。二階のテラスはハルヒロの頭上だ。壁はびっしりと蔦に覆われている。三メートルほど先に窓が一つあった。その窓に近づいてみる。

声が聞こえる。ゴブリンの声だ。廃墟の中で、ゴブリンたちが何か話している。二匹か、三匹か。もっといるだろうか。

窓から屋内を覗《のぞ》き見る。広い部屋だ。奥に階段がある。ゴブリンは六、七、――八匹。

一匹、階段を下りてきた。入れ代わりに別のゴブリンが階段を上ってゆく。あのゴブリンだけ、台、いや、テーブルか。一匹のゴブリンがテーブルに腰かけている。あのゴブリンだけ、見るからに装備の質が違う。サイズはやや合っていないが、胴鎧《どうよろい》をつけ、兜《かぶと》まで被《かぶ》っている。鎧も兜もぴかぴかだ。丁寧に磨いているのだろう。腰に短剣をいくつも、たぶん四本吊《つ》って、背に長剣を斜め掛けしている。

あれがリーダー格だ。明らかに他のゴブリンたちは、あの兜を被ったゴブリンに対してへりくだっている。

兜ゴブ以外だと、弩《いしゆみ》らしきものを持ったゴブリンが四匹いる。弩ゴブたちは要注意だ。こっちにはメリイがいるとはいえ、弩の矢を急所に食らったらまずい。

ハルヒロはそこからさらに五メートルほど壁伝いに進んだ。ここが出入口らしい。扉などはない。単なる縦長の穴だ。もともと垂れ下がっていたのだろう蔦が、最近取り払われた形跡がある。

出入口から中を見る。遠い。兜ゴブまで七、八メートルある。窓のほうがまだ近かった。それでも五メートルは離れていたし、窓から入ったらさすがに気づかれる。

ハルヒロは壁をよじ登ることにした。二階の壁と天井が残っているあたり。このへんがよさそうだ。蔦はハルヒロの体重を支えきれない。切れてしまう。石積みの壁の凹凸を手がかり、足がかりにし、二階の屋根の上まで、一気に登った。

屋根は瓦葺《かわらぶ》きだ。崩さないように用心して這《は》い進む。テラスを見下ろす。箱形の家具は簞笥《たんす》だろうか。三匹のゴブリンが倒れた簞笥の陰で身を寄せあっている。

一匹のゴブリンが簞笥から首を出した。周囲を見回し、素早く顔を引っこめる。

あのゴブリンたちは見張りだ。おそらく常時二匹で、一匹は連絡役だろう。三匹か。二匹までなら、なんとか一瞬で息の根を止められる。三匹目が騒ぐ。一階のゴブリンが異変を察知する。だめだ。

見張りのゴブリンたちは、この廃墟の外にしか注意を払っていない。あの三匹を一挙に仕留めるのは無理だ。べつに見張りを仕留めなくてもいい。そうだ。これならいける。

ハルヒロは引き返して壁伝いにテラスに下りた。

一匹のゴブリンが簞笥から顔を出し、きょろきょろしている。でも、ハルヒロにはまったく気づいていない。

ハルヒロは階段へ向かう。見張りのゴブリンたちは依然としてハルヒロに気づかない。ゴブリンが階段を上ってくる気配もない。

階段を下りる。ハルヒロは短剣の柄《つか》に手をかけた。階段は途中に踊り場がある。そこまで下りなくても、屈《かが》むと一階が見渡せた。

一階の階段の上がり口から、兜ゴブが座っているテーブルまでは約二メートル。四匹の弩ゴブはテーブルから近い位置にいて、その他のゴブリン四匹はやや離れている。

兜ゴブが何か言って、弩ゴブたちが笑い声のような声を発した。それから、他のゴブリンたちも笑ったり、手を叩いたりする。やはり兜ゴブはリーダーだ。弩ゴブが側近、その他のゴブリンは従属的な立場なのだろう。力関係が透けて見える。

短剣を抜く。やるべきことはわかっている。見えている、と言ったほうがいいかもしれない。頭の中に映像が描かれている。ハルヒロはそれをなぞるだけでいい。

階段を下りる。もうすぐ踊り場だ。

また兜ゴブが何か言う。ゴブリンたちが笑う。

踊り場を経由して、さらに階段を下りる。

兜ゴブはこちらに右半身を向けている。弩ゴブのうちの二匹はハルヒロを視野に収めているだろう。見えているはずだが、そこにハルヒロがいるとは思ってもいないし、まだ気づいていない。ただ、いつ気づいてもおかしくない。

階段の上がり口まで来た。兜ゴブはほとんど正面だ。

ここで止まったら絶対にしくじる。そう思うと硬くなってしまう。そのまま進む。

ハルヒロは兜ゴブの背後に回りこもうとする。あと二歩、というところで、弩ゴブの一匹が息をのんだ。こっちを見て、目を瞠《みは》っている。気づかれた。

気づかれたら、やっとか、と思うことにしていた。慌てるのは最悪だ。退《ひ》くか、決行か、迷うのもよくない。

ハルヒロは兜ゴブに飛びかかった。後ろから左腕で兜ゴブの首を抱えこむ。この兜はゴブリンには大きすぎて、簡単にずれる。首筋を露出させ、逆手に持った短剣をそこに突き刺す。兜ゴブが暴れだしたのはその直前だった。もう遅い。

即死させた兜ゴブを左腕で抱きかかえて、出入口へと駆ける。

一匹の弩ゴブがハルヒロに弩を向けた。矢を放ったら、兜ゴブを盾にするつもりだ。弩ゴブは射《う》たなかった。

やっとゴブリンたちが騒ぎはじめた。そのときにはもう、ハルヒロは出入口から廃墟《はいきょ》の外に出ていた。

兜ゴブの死体を出入口の前に放置して、さっき二階まで登った壁のあたりまで走った。ハルヒロを追って、弩ゴブたちが廃墟の外に出てくる。でも、ハルヒロは短剣の柄を咥《くわ》えて壁をよじ登っている最中だ。ゴブリンたちはハルヒロを見つけられない。

二階の屋根に上がる。テラスの見張りゴブたちも、何事かと下を見たり、ギャアギャアわめいたりしている。狼狽《ろうばい》し、混乱しているようだ。これならたやすい。

テラスに下りる。まず一匹の見張りゴブの背中に短剣を突き入れて瞬殺した。別の見張りゴブがテラスの縁から身を乗りだしている。ハルヒロはそいつを蹴落とし、残りの一匹に組みついて喉頸《のどくび》を掻《か》き切った。

下の通りに落下した見張りゴブが、ギャッ、と悲鳴を上げる。たかが二階だ。見張りゴブはすぐに転がり起きてハルヒロを見上げた。

「ンギャアグォァッ！」

何を言っているのかわからないが、敵だ、あそこにいるぞ、といったところか。

二匹の弩ゴブがハルヒロに弩を向ける。矢が放たれるのと同時にハルヒロは伏せた。二本の矢が頭のずっと上を飛んでゆく。立てつづけに、さらに二本。下から発射した矢が、テラスで伏せているハルヒロに当たるわけがない。

弩ゴブたちが怒鳴っている。この音からすると、数匹のゴブリンが廃墟の中に駆け戻ったようだ。階段を上がってきて、テラスにいるハルヒロを攻撃するつもりだろう。

ハルヒロは跳び起きるなりテラスから身を躍らせた。下の通りには弩ゴブが三匹いる。あとの一匹と他のゴブリンたちは廃墟の中か。

着地して、一匹の弩ゴブに迫る。その弩ゴブはずいぶん驚いているようだ。ハルヒロが体当たりする構えを見せたら、弩ゴブは弩を振り回すでもなく前に出し、自分の身を庇《かば》おうとした。完全に怖《お》じ気《け》づいて、逃げ腰になっている。

ハルヒロは体当たりせず、左手で弩を鷲摑《わしづか》みにした。弩ゴブは反射的に弩を奪われまいとして引き寄せる。ハルヒロが弩を手放すと、弩ゴブはつんのめった。体勢を崩した弩ゴブの背中は無防備で、苦もなく短剣をぶちこむことができた。

どういうわけか、ここを刺し貫けば致命的だという箇所、適切な角度、深さが、手にとるようにわかる。我ながらどうかと思うが、助かることは助かる。

弩ゴブはあと二匹。片方は廃墟に逃げこもうとしている。もう片方は弩を投げつけてきた。ハルヒロは飛んできた弩を躱《かわ》し、その弩ゴブに肉薄する。

弩ゴブの顎を左手の掌底で一撃し、足払いをかけて転倒させる。喉頸を短剣でかっさばけば、弩ゴブはもう呼吸ができない。頸動脈《けいどうみゃく》から血が噴きだす。あとは死を待つのみだ。

廃墟に飛びこむと、逃げた弩ゴブが背を向けていた。飛びかかって背中の急所を短剣で突く。

弩ゴブはあと一匹。他四匹のゴブリンを追いかける恰好《かっこう》で階段を上っている途中だ。こっちを向いた。ギャギャギャッと叫ぶ。かなりうろたえているようだ。ハルヒロを怖がっている。

それはそうだろう。ハルヒロは全身にゴブリンたちの返り血を浴びている。必要に迫られてやむをえずやったことではあるが、ゴブリンはそう思わないだろう。人間の大量殺戮《さつりく》者が現れ、次々と同胞を殺している。ゴブリンたちの目には、ハルヒロが怪物のように映っているに違いない。

少しも心が痛まないと言ったら嘘《うそ》になる。でも、手を緩めるわけにはいかない。ハルヒロは弩ゴブに追いすがる。弩ゴブは腰が抜けたのか、階段の踊り場にへたりこんだ。

「……くそ」

ハルヒロは弩ゴブから弩をぶんどって、尻を蹴り上げた。

「おれたちにかまうな。おまえたちだって死にたくないだろ」

言っても通じない。人間の言葉はわからないだろうが、脅しは利くと思いたい。

ハルヒロは弩を持ったまま弩ゴブに背を向けた。

弩ゴブは動かない。二階に上がりかけていた他のゴブリンたちもじっとしている。

ハルヒロは出入口の手前で振り返った。弩ゴブと他のゴブリンたちを見つめる。どのゴブリンも震えている。

ハルヒロがあえて弩を床に放ると、ゴブリンたちは跳び上がった。ここまで怯《おび》えさせれば大丈夫だろう。そうだといい。さもなければ、もっと殺すことになる。できるだけ殺したくない。

「……これだけやっておいて、殺したくないも何もあったもんじゃないけど」

ハルヒロは廃墟を出た。少し離れてから、廃墟の様子をうかがった。ゴブリンたちはまだ出てこない。二階のテラスにもゴブリンの姿はない。ハルヒロが外で待ち伏せしているとでも思っているのか。

「やりすぎたかな……」

ハルヒロは仲間たちのもとへと急いだ。気配でわかっていたが、そちらもすでに片づいていた。

皆、無事のようだ。十四以上のゴブリンが死体になって転がっている。どうやら大半はクザクが大刀でぶった斬ったらしい。

「お疲れっす」

一人だけ、ハルヒロに負けないくらい血みどろなのに、クザクは明るいというか、軽いというか。なんだか気が抜けた。

「まあ、そんなに疲れてはないかな」

「歯応えないっすね、旧市街のゴブ。俺が強すぎなのかな」

「調子に乗るんじゃない、馬鹿者」

セトラがクザクの肩を小突いた。

「いや、冗談っすよ？」

「冗談なら冗談に聞こえるように言え」

「まったくもってちゃんですよねー」

ひよむーにわけのわかるようなわからないような口の挟み方をされて、クザクは心外そうに顔をしかめた。

「あんたには言われたくないんですけど……」

ニールが薄笑いを浮かべる。同感だ、とでも言いたげだ。立場上、ひよむーに気を遣わざるをえないとはいえ、辟易《へきえき》しているのだろう。

「そっちは？」

と、メリイがハルヒロに尋ねた。ハルヒロはとっさに、うん、とうなずいたが、詳しく説明する気にはなれなかった。

「……リーダーらしいゴブリンは排除した。先に進もう」

「キイチ！」

セトラが呼びかけると、近くの廃墟の上からキイチが飛び降りて軽々と着地した。

ハルヒロは一つ息をついた。気を引き締め直そう。あの兜《かぶと》ゴブ率いる集団は撃退した。でも、それだけだ。別の集団が襲ってくるかもしれない。

メリイが近づいてきた。「大丈夫？」と訊《き》かれるのではないかと思った。そう訊かれたら、もちろん大丈夫だと答えるしかない。でも、違った。

メリイはハルヒロの左手をとって、手首を確認した。

「魔法が切れてる」

「……あ。だね」

メリイはハルヒロ、クザク、セトラと自分、それからひよむーとニールの六人に対して、光の護法《プロテクション》と守人《アシスト》の光という光明神ルミアリスの補助魔法をかけていた。一度かけるとだいたい三十分くらいは効果が持続するようで、メリイは切れる前にかけ直す。

メリイの左手首にはまだ、色違いの光る六芒《ろくぼう》が二つ、浮き上がっている。クザクたちも同様だ。

ハルヒロはメリイから遠く離れたことで、魔法が切れてしまったらしい。

「かけ直す」

メリイはハルヒロの左手首を握ったまま、逆の手の指を額に当てて六芒を示した。

「光よ、ルミアリスの加護のもとに、……光の護法《プロテクション》。——守人の光《アシスト》」

見る間にハルヒロの左手首に二つの六芒が灯《とも》った。

途端に身も心も軽くなる。メリイの魔法が心にまで影響を及ぼすとは知らなかった。

「ありがとう」

「どういたしまして」

メリイは微笑《ほほえ》んだ。あれ、とハルヒロは訝《いぶか》る。何だろう。変だ。胸が。苦しい。

寒気、ではないだろう。鳥肌が立つような感覚。首の後ろ側がざわざわしている。喉の奥のほうがきゅっと狭まって、声を出せそうにない。

「どうしたの？」

メリイが小首を傾《かし》げる。

いや、何でも、と言いたいのだけれど、口がむなしく動くだけで、言葉にならない。

「あっ」

メリイはハルヒロの左手首を手放し、うつむいた。頰が赤らんでいる。耳まで赤い。自分の髪の毛を引っぱりながら、メリイは小声で、ごめんなさい、と謝った。

「……わたし、ただ、……確かめただけで。本当に、それだけだから」

「……うん」

ハルヒロも下を向いた。なぜメリイが、言い訳でもするように少し早口でそんなことを言うのか、正直、よくわからない。メリイだけではなく、自分もだいぶ動揺している。どうしてこんなにうろたえているのか。

メリイの顔が、恥じらうような表情が、頭から離れない。離れないも何も、メリイは目の前にいる。少し視線を上げるだけでいい。いくらでも見られる。

だけれど、見られない。

心臓が、やばい。

まずいんじゃないか、これ。この状態。落ちつかないと。平静を取り戻さないと、先に進めない。

どうしちゃったんだろう、おれ。

誰か教えて欲しい。

訊けないけど。

8．百戦危うし黄昏乙女

ハルヒロは壁になっている。

もちろん比喩だ。自分は天井か、窓か、柱か、それとも壁か。なんとなく壁的な人間だと思うが、いくらなんでも本物の壁にはなれない。実際は壁にぴったりと身を寄せて息を潜めているだけだ。

壁といっても、木製でも、石積みでも、単なる土壁でもない。明らかにただの土壁ではないが、基材はおそらく土なのだろう。特定の土を使っているのか、土に何かを混入しているのか。表面に苔《こけ》のようなものがびっしりと生えていて、けっこう硬い。試してみたのだが、短剣がろくに刺さらないくらいだから、かなり硬い、と言うべきかもしれない。少なくとも、石に近い強度はある。

ダムロー旧市街と新市街を隔てるこの壁は、高さこそ四メートルから五メートル程度だが、石積みの壁のような凹凸がないから、よじ登るのは難しい。梯子《はしご》か何か、道具があれば話は別だ。でも、壁のあちこちがこんもりと盛り上がっていて、穴がたくさんあいている。あれは明らかに望楼だ。常時かどうかは定かではないが、望楼の中には見張りのゴブリンがいるのだろう。加えて、壁の上を武装したゴブリンが歩いていたりもする。登ろうとしたら、即座に見つかってしまうに違いない。

出入りできそうな箇所はある。

壁の一部がくりぬかれ、鉄枠の木製扉が嵌《は》めこまれている門を、ハルヒロは自分の目で三つ確認した。

しかし、門の周辺には決まって多数のゴブリンがいて、どう見ても警備している。門を通るとしたら、強行突破するしかない。不可能ではないかもしれないが、控えめに言っても蜂の巣をつついたような騒ぎになりそうだし、やめておいたほうがよさそうだ。

仲間たちは新市街に程近い旧市街の比較的状態のいい廃墟《はいきょ》で待機している。ハルヒロとニールが二手に分かれて偵察に出たのは午過《ひるす》ぎごろで、もう黄昏《たそがれ》どきだ。

ハルヒロは依然として新市街侵入の糸口を見つけられずにいる。

壁が低いこともあって、新市街から出るのはたやすいだろう。でも、ゴブリンに気づかれないで新市街に入りこむのは至難の業だ。

それはゴブリンにとっても同じなのではないか。一度、新市街を出て旧市街ゴブリンに身を落としてしまったら、まず戻ることはできない。見習い時代のハルヒロのような義勇兵たちは、そんな行きづまったゴブリンを殺戮して生計を立てていたのだ。そう思うと複雑な心境になる。

ともあれ、暗くなったらどうなのか、というあたりを確かめたい。それでハルヒロは、壁になって日没を待っている。

こうしている間にも、すぐ上をゴブリンが歩いていったりするのだが、今のところハルヒロは見つかっていない。見張りのゴブリンがとくに不注意なわけではなく、盗賊がちゃんと壁になればこんなものだ。

やがて日が落ちた。

あたりは刻一刻と暗くなってゆく。

壁の望楼部分の穴から光がもれはじめた。中で火を焚《た》いているのだろう。壁の上を巡回するゴブリンたちも、松明《たいまつ》か何か持っているようだ。

ハルヒロはいったん壁から離れて、旧市街側から新市街を広く観察した。望楼はだいたい三十メートルから四十メートルおきにある。巡回ゴブリンの数はそう多くないが、少なくもない。ざっと見た感じだと、五十メートルに一匹はいる。いや、一匹ではない。巡回は二匹が一組のようだ。明るいうちは違った。暗くなると変わるのか。

巡回ゴブリンが足を止め、旧市街側に松明を差し向ける、といった行動も見られた。思ったより真面目に見回りをしているらしい。

「……厳しいな」

たとえばハルヒロ一人なら、新市街に侵入できなくもない。巡回ゴブリンが近くにいないときを見計らって、壁の望楼と望楼の中間地点を素早く、一気に登って越える。何か道具が必要だろう。梯子か、台か。

ただし、登ったあと、旧市街側に道具を残してしまう。道具を設置し、撤去してもらわないとまずい。誰かの手助けがいる。ということは、やはり一人では無理か。

ハルヒロは待機場所の廃墟へと向かった。ニールはすでに戻っていた。

点灯したランプに明かりを抑えるための覆いをかけて地べたに置き、ハルヒロたちはその周りで車座になった。

「まるでだめだな」

ニールに賛成するのは少し癪《しゃく》だが、ハルヒロも同意せざるをえない。

「みんなで新市街に入るのはあきらめたほうがいいと思う。行くなら、少人数。しかも、助けがいる。梯子があれば楽だけど、たとえばクザクに台になってもらえば、おれは壁を越えられるかも」

「行くなら、じゃないんですよね」

ひよむーは、チッ、チチチッ、と舌を鳴らした。

「行くしかないし、行かなきゃならないんですよ。ゆえに、行くんです。まだそんなこともわかってないんですかぁ？　だとしたら、あまりにもアホすぎじゃないです？」

誰も、何も、言わない。

むろん、ハルヒロは頭にきている。皆、苛《いら》ついているだろう。だが、ひよむーの言動にいちいち反応しても疲れるだけだ。

「ほんっと、まったく、しょうがねーなぁ……」

ひよむーはぶつぶつ言いながら、腰のあたりをまさぐりはじめた。ハルヒロたちは背負い袋に携行食やら水筒やら何やらを詰めて持ってきている。でも、ひよむーはやたらと軽装で、小さめの鞄《かばん》を一つ、腰に巻きつけているだけだ。

ひよむーはその鞄から畳まれた紙を取り出し、ランプの近くに広げた。セトラが呟《つぶや》く。

「地図か」

「そんなこと、見りゃわかるでしょーが」

ひよむーはセトラを睨《にら》みつけた。ここにきて一段と性格が悪くなったというよりも、カリカリしているのか。メリイが身を乗りだしてその地図を見つめた。

「これ、……新市街の？」

「へぇ」

クザクは目を凝らし、首をひねった。

「……見づらいっすね」

「だったら見んな。うっせーなぁ、ボケ」

ひよむーはため息をついた。

「これはね。ダムロー新市街の地図としては、現存する唯一のものなんですよ？　もっとありがたがれってんだ、図体《ずうたい》ばかりでかくて使えやしねーソーローヘンタイヤローが」

「そこまで言わなくてもよくない……？」

「何にも言われたくねーんだったら、お口にチャックしてじぃーっとしてりゃーいいじゃないですか」

「じゃあ、黙ってるよ」

「是非そうしてくださいな」

「なんっか、ムカつくんだよな……」

「黙るんじゃなかったです？」

「今、黙るよ！」

子供か。

ハルヒロは地図に目を落とした。たしかに、見やすくはない。紙自体ずいぶん古びて傷んでいるし、線や文字がだいぶ擦《かす》れている。それ以前に、縮尺がいい加減だ。おそらく、かなり省略されたりデフォルメされたりしている。ランドマークになるような建物などの位置関係が中心で、正確性には欠ける地図なのではないか。

「もう、二十年くらい……？　前になるんですかね」

と、ひよむーが呟くように言った。

「二十年……」

メリイがそっと言った。ひよむーは無視して続けた。

「ダムロー新市街を攻略しちゃおうと目論《もくろ》んだ、偉大なパーティがいたんです。知ってのとおり、旧市街は有名な初心者向けのゴブ狩り場ですけど、新市街は義勇兵にとって未開の地じゃないですか。身近な場所にそんな素敵なフロンティアがあるってのに、一回も挑戦しないですませちゃうのは臆病なくせに不感症のおバカです。んで、……その偉大なパーティは物の見事に新市街侵入を果たして、この地図を作ったってわけです」

ハルヒロは上目遣いでひよむーの様子をうかがった。ひよむーは地図に見入っている。開いた地図についている折り目がやけに気になるようだ。ひよむーは何度も、何度も、指で折り目をなぞっている。

「もちろん、当時と今とでは、ずいぶん様変わりしているはずですよ。何しろ、二十年経《た》っちゃってますからね。短い時間とは口が裂けても言えません。偉大なパーティは新市街内に五つの拠点を設けて、その間を移動しながら探索を進めたんですけど——」

ひよむーの人差し指が地図上を移動し、星形の印を示した。星印はそれ以外にも四つある。ぜんぶで五つだ。

「どうですかね。一つでも残っていれば御の字ってところでしょうか」

セトラが地図のおおよそ真ん中にある山のような図形を指さした。

「これは何だ?」

ひよむーはちらりとセトラを見た。

「アァスバァシィン。人間の言葉に訳すと、いと高き天上、ですかね。いと高き天上にはモガドがいます。モガドっていうのは、ゴブリン族の王のことですよ。つまり、いと高き天上はお城ですね」

「なるほどな」

セトラは地図の左下にある黒く塗り潰された部分を指で軽く叩《たた》いて、

「ならば、ここは？」

「オォドンゴ」

ひよむーがそう答えると、クザクが首をひねった。

「……うどんこ？」

ハルヒロは額を押さえてため息をついた。

「おまえね……」

「いや、なんか違うかな、とはね？　俺も思ったんすよ？　でも、そう聞こえたからさ」

「ゴブ語は下等で、全体的に響きが汚い感じですからね」

ひよむーは顔をしかめて、ふん、と鼻を鳴らした。

「オォドンゴ。意味は、もっとも深き谷、らしいです。ここにはウゴスが住んでいると言われてます。ウゴスっていうのは、そうですねえ、……賢者、みたいな？　ゴブリンの知識階級ですね」

言うまでもなく、人間とゴブリンは違う。二足歩行する。手先が器用で道具を使う。社会性を有する。そうした共通点はあるにせよ、完全な別種族だ。

また、ゴブリンは人間より数段劣る。そんなふうに認識している人間は、きっとハルヒロだけではないはずだ。ひよむーだって、ゴブリンの言語は下等だと言った。人間たちは自然と、ほとんど何の疑いもなく、ゴブリンを下に見ている。

「ウゴスっていうのはですね。おまえらどころか、ソウマみたいな義勇兵でも知らないでしょうけど、人間の言葉をしゃべれるんですよ」

ハルヒロは目を瞠《みは》った。

「……人間の？」

「そうですよ」

ひよむーは偉そうにハルヒロを嘲笑《あざわら》った。

「だいたいですね、考えてもみろってんですよ。アラバキア王国の残党が天竜山脈の南に逃げて、このダムローはゴブリンの領土になったんです。これが百四十年くらい前ですかね。で、不死の王《ノーライフキング》が死なないはずなのに死んじゃったりとか、何やかんやあって、百年、まあ百五年前ってとこですか。アラバキア王国はカムバックを目論んだわけです」

「オルタナを、建設した……」

メリイがひとりごちるように言うと、セトラがキイチの喉を撫《な》でながら眉をひそめた。

「どうやって？　このダムローとオルタナは、目と鼻の先と言っていいほど近い。ゴブリンにとって、アラバキア王国の人間族は敵のはずだよな」

クザクは腕組みをして唸《うな》った。

「邪魔するよね、普通に考えたら。先にゴブリンやっつけなきゃ、無理じゃない？」

ひよむーは、ハッ、と笑った。

「いかにも脳筋ヤローの考えそうなことですねぇ」

「どうせ俺は脳筋っすよ……」

と、クザクはいじけている。認めるなよ。ハルヒロとしてはそう思わなくもなかったが、それはさておきオルタナ問題だ。

「……ウゴス。人間の言葉を話せるゴブリンがいる。人間族はゴブリンに妨害されないでオルタナをつくった。……戦闘を避けた？　人間族とゴブリンが、話し合いで……？」

「利点があったはずだな」

セトラは低い声で言った。

「人間族を攻撃しないことで、ゴブリンは何らかの利益をえたに違いない。不戦を取り決める見返りに、人間族が何か価値のあるものをゴブリンに渡したと考えるのが自然だ」

「バカしかいねーと、話がなかなか進まないですからね。助かりますよ」

ひよむーはセトラにニヤッと笑いかけて、腰の鞄に手を突っこんだ。

「えっ……」

クザクが目を剝《む》いた。ハルヒロも仰天した。

ひよむーが鞄から出したものには見覚えがある。あのナイフ。オルタナを占領していたゴブリンたちのリーダー、副王ボッゴが持っていた。全体が赤い金属で出来ている。ボッゴはあの赤いナイフで、突入部隊の隊長ダイラン・ストーンの首をやすやすと切断してみせた。

ただ、ナイフといっても、刃渡り三十センチ近くありそうで、しっかりした鍔《つば》がついている。柄《つか》も入れれば、四十五センチほどにもなるだろう。

入るだろうか。ひよむーの腰鞄に、あのナイフが。どうだろう。無理やり押しこめなくはないかもしれない。でも、すんなり収納できるとは思えない。

「その鞄……」

メリイが険しい表情で言いかけると、ひよむーは、あぁ、と腰鞄を叩いてみせた。

「モチのロンで、この鞄もご主人様からいただいた遺物《レリック》です。収納力がハンパなくてめっちゃ便利なんですよね。いいでしょ？　あげませんし、貸しもしないし、ちょっとさわるのさえお断りですけど。いいかぁ？　さわったらマジでブチ殺すかんな？」

「遺物《レリック》ってすげぇんだな……」

クザクは見るからに感心している。素直なやつだ。

「笑えるほどすげぇーんですよ」

ひよむーは相変わらず偉そうだ。

「ちなみに言っておきますけど、このナイフは遺物《レリック》じゃないですからね」

「単に稀少《きしょう》な金属製、ということか？」

セトラが訊《き》くと、ひよむーは赤いナイフを振りながら肯定した。

「みたいですね。昔、アラバキア王国ではヒイロガネと呼ばれていたらしいですよ。原料はよくわかってませんが、天竜山脈で採掘された数種の鉱石を特殊な方法で精錬すると、こんなふうに赤い合金になるとか」

「きれいはきれいっすよね」

クザクはうなずいた。

「見栄えするっていうか。え？　つまり、アラバキア王国はその、……何だっけ、ヒーローカネー？」

「ヒイロガネ」

ハルヒロが訂正すると、クザクは頭を掻《か》いて、

「でした、でした。ヒイロガネ、ヒイロガネ。緋色《ひいろ》の、ガネ？　金属ってことか」

「それを――」

セトラはわずかに目をすがめた。

「ゴブリンに、渡した？」

「もともと、ダムローに秘蔵されてたっていう説もありますけどねえ」

ひよむーはナイフをくるくる回して弄んでいる。危なげがない。慣れた手つきだ。

「その隠し場所を教えたってことなのかもしれませんけど。ともかく、稀少でダムローにしかなかったヒイロガネは、ほぼすべてゴブリンのものになったんですよ」

「ふぅん……」

クザクはだからどうしたとでも言いたげな顔をしている。ひよむーはそんなクザクを、ヘッ、と鼻で笑った。

「想像力が欠如してそうなおまえらにはわっかんねーかもしんねーけど、これはゴブリンにとってアホほど大きな事件だったんです。ゴブリンは劣等種族ですから。言っときますけど、これは私見じゃないですよ。エルフも、ドワーフも、それにオーク、コボルドすら、いろんな種族に見下されてたんです。ゴブリンは人間に限らず、いろんな種族に見下されてたんです。ゴブリンなんか猿同然だと思ってたんですよ。その点は今もさして変わってないのかもしれませんけどね。実際、猿に毛が生えた程度のヤツらですし。ゴブは体毛薄くてつるっとしてるんで、毛が生えたってのは変かぁ？　まあ、あくまで比喩ですよ」

そんなゴブリンたちが、この世にごく少量しかない貴重なヒイロガネを独占している。ゴブリンたちにとってこの事実は、ハルヒロが思うより遥《はる》かに重大だったのだろう。

クザクが右拳で左の掌《てのひら》を軽く打った。

「そっか。それで、ゴブリンの偉いやつだけがヒイロガネ製の武器とか防具とか使ってるんだ。権威の象徴？　的な……？」

「よくできました」

ひよむーが満面に笑みをたたえると、気味が悪い。

「頭、なでなでしてあげましょーかぁ？」

「いらねっすわぁ……」

「そんなふうに言われると、余計になでなでしたくなっちゃいますねー。ぬっふふふふ」

「じゃ、撫でてみてくださいよ」

「はーい」

ひよむーは手をのばしてクザクの頭を撫でた。

「なでなでなでなで」

「やめろって！」

クザクに手を振り払われて、ひよむーはほくそ笑んでいる。なんというか、とっくにわかっていることではあるのだが、性根が腐りすぎていて恐ろしい。

「なるほどな」

平然としているセトラも、ちょっと怖い。

「ゴブリンとの交渉材料はヒイロガネか。オルタナに駐留していたゴブリンたちから回収したヒイロガネ製の武具類を返す。代わりに手を結ぼうと。これだけだと弱くないか」

ひよむーは自分の胸を叩いてみせた。

「交渉は一任されてるんで。おまえらは余計なこと考えなくていいんですよ。やることやってくれれば、それでいいんです。目標は、新市街への侵入。そして、話が通じるウゴスとの接触なんでね」

ハルヒロは地図の黒く塗り潰された部分を指さした。

「オォドンゴ。もっとも深き谷、だっけ。……ウゴスは、ここにしかいない？」

ひよむーは首を振る。

「アァスバァシィンにも、いくらかはいるみたいですね。補佐役として、王《モガド》に付き従ってるっぽいです」

メリイは目を伏せた。

「どちらかに入りこむしか……」

クザクが、んんん、と首をひねる。

「そのヒイロガネのナイフ持って、堂々と乗りこめばいいんじゃないっすかね。下っ端のゴブも、ヒイロガネは知ってるんでしょ。おーあの人間、ヒイロガネ持ってんぞ、偉い人、や、人じゃないか、偉いゴブ呼んでこいよ、みたいな流れにならないかな？」

「ヒヨなら――」

と、ひよむーはヒヨを自称しはじめた。ひよむーじゃないのか。どっちでもいいが。

「ヒイロガネだぁーみんなで奪い返せぇーオォーってなるほうに賭けますね。こっちが何言ったって、まるで通じないってことを忘れちゃーいけません。ヒヨたちとゴブどもはあくまで敵同士なんです。基本的に、ウゴス以外とは出くわしたら殺し合いにしかならない。そう考えるべきです」

「だから、そもそも無謀なんだって。ゴブと同盟とかさ……」

クザクがぼそっと言った。

ヒヨがクザクをギロッと睨《にら》みつける。口を開いて何か言いかけたが、ふう、と息を吐いただけで終わった。

ヒヨも決して楽観しているわけではない。そういうことなのかもしれない。あるいは、ご主人様こと開かずの塔の主の命令に従って、やむをえず動いているだけなのか。

「無謀だろうが、何だろうが、やるんですよ」

ヒヨはしきりと唇の端を噛《か》んだり舐《な》めたりした。

「ご主人様はヒヨならできると信じて命じてくださったんですからね。べつに失敗してもまーオッケーみたいなアレじゃないんですから、これは。成算はあるんです。ありまくりです。とにかく、ウゴスにさえ会えれば。……全員で新市街に入るのが無理なら――」

やるしかない。それはハルヒロも同じだ。ジン・モーギス将軍がシホルの身柄を押さえているのはほぼ間違いない。ハルヒロたちが成果を上げなければ、将軍はシホルに危害を加えるだろう。

「……おれは新市街に入れる。クザクに手伝ってもらえば、おそらく道具もいらない」

「俺もいけなくはなさそうだな」

ずっと黙っていたニールが、気は一向に進まないんだが、といった雰囲気を醸しだしながら言った。

「私は無理だが」

と、セトラが口を開いた。

「キイチならいけるだろう。ニャアは人間より役に立つかもしれんぞ」

ハルヒロはヒヨに目を向ける。ヒヨはハルヒロの視線を受け止めて、何ですか、何なんですか、殺されたいんですかおまえは、とでも言いたげな、えらく刺々《とげとげ》しい顔をした。

「……いけますよ。ヒヨも。盗賊やってたこともあるんでね」

「そう、……なんだ」

「最初は聖騎士で、ちらっと盗賊やって、最後は戦士でしたけど何か？」

「聖騎士……」

メリイが呟《つぶや》いた。クザクはぽかんと口を開けている。

「……戦士？　マジか」

「か、過去ですよ、過去」

ヒヨの頬が赤らんだ。なぜか恥じらっているらしい。

「今でこそ、見てのとおり、ただの絶世の美少女ですけどね。そういう時代もあったって
ことです。イヤでしょうがなかったですよ。ヒヨが聖騎士だの盗賊だの戦士だの、冗談
じゃないったら……」

ヒヨにもいろいろあったのだろうが、興味はない。まったく興味がないというよりも、
生理的な嫌悪感が好奇心を阻害している。

「この地図は、二十年前にあんたが作成したものなんだよね？」

ハルヒロが訊くと、ヒヨは一瞬で恐ろしい形相になった。

「ヒヨが作ったなんて、ひとっことも言ってませんけど？」

「……まあ、誰でもいいんだけどさ」

「あと、今度ヒヨをあんた呼ばわりしたら、絶対、後悔することになりますよ」

「わかった。……ヒヨ」

「何ですか、ハルくん？」

ハルヒロは目をつぶった。深呼吸をする。まだむかむかするが、少し落ちついた。そこ
まで激昂《げきこう》するようなことでもない。冷静に考えればそうだが、むしょうに腹が立った。

ヒヨは嫌がらせの天才だ。ハルヒロなりにずいぶん気をつけている。それでも、いまだに対処が難しい。

「……年の功、かな」

ぽつりと呟いたら、ヒヨにガン睨みされた。

「今、何か言いましたぁ？」

「さあ。言ってないと思うけど。何か聞こえた？　気のせいじゃないかな」

ヒヨは、ふんっ、と横を向いた。

一見、ヒヨは十代半ばから後半の少女のようだ。あくまで一見、体格や服装、髪型からして、それくらいの年齢なのかな、と思えなくもない。でも、よく見れば、もっと上だとすぐにわかる。たしか、バルバラ先生が言っていた。あの若作り女か、と。十代はありえない。見た目は二十代の、前半というより半ば。あるいは、後半か。見ようによっては、もっと上にも見えなくはない。

年齢不詳、という表現がふさわしいのかもしれない。顔の造作や化粧の仕方、装い、体型、声の出し方、言葉遣い、身のこなし、何から何までちぐはぐなのだ。どれもこれもヒヨという人間に馴染《なじ》んでいないように感じられる。自然じゃない。かなり無理をして、作っているのではないか。ヒヨという人物を演じている。もしそうだとしたら、いったい何のために？

ハルヒロの知ったことではない。心情的には立ち入りたくないが、ヒヨを知る必要はあるのではないか。

ヒヨは味方ではない。はっきり、敵だと言いきってしまってもいいくらいだ。

敵をよく知らなければ、戦いを有利に進めることはできない。そう。これは戦いなのだ。

しかし、どういう戦いなのか。ハルヒロはそれさえあまり理解していない。

このままではまずい。本気で、真剣に、全身全霊を捧《ささ》げて取り組まないと、ヒヨや開かずの塔の主、ジン・モーギス将軍らに利用されるだけ利用されて、使い捨てにされる。

「二十年前の地図なら、あてにならないと思ったほうがいいね。おれとキイチ、ニール、ヒヨで新市街に入りこんで、まずはオォドンゴとアァスバァシィンの位置を確認するところから、かな。現状と地図の情報にどのくらい差があるか、確かめつつ。使える拠点が一つでも残ってればいいけど。それも一応、チェックしよう」

「とりあえず、俺らはここで待ってるしかない感じですかね……」

クザクは眉をハの字に曲げて、ものすごく残念そうだ。

「抜け穴か何かねえのか？」

と、ニールがヒヨに尋ねた。

「そういうのはないと思うんですけど、昔はあんなにがちがちじゃなかったんですよね。新市街の警備体制……」

ヒヨは呟くようにそこまで言うと、急にあわあわしだした。

「ヒ、ヒ、ヒヨは知りゃーしませんけどね!? にっ、二十年前のことなんかぁ!? 知るわけありませんしぃー!? で、でで、伝聞ですよ、伝聞！」

「えっ！」

クザクは口を手で押さえた。

「ひょっとして、二十年だか前にこの地図作った偉大なパーティって、あんたの!? てか、あんた、何歳なんすか!?」

「……周回遅れにも程があるぞ、おまえ」

セトラのクザクを見る目には隠れようもない侮蔑がこめられている。メリイの眼差《まなざ》しも冷たい。

「年齢を訊《き》くのはどうかと思う……」

「や、だって、不思議じゃない？ あれ？ 俺だけ？ 嘘《うそ》……？」

突然、ヒヨが赤いナイフを地図に突き刺した。

「そんなに知りたいですかぁ？」

笑顔だ。

でも、目が笑っていない。口角は上がりすぎるほど上がっているが、それでもやはり笑っているようにはちっとも見えない。

「教えてあげますよ。十六歳です。美少女は年なんかとらないんですから。ヒヨは永遠に十六歳なんです。わかりましたぁ？」

クザクは顎を引くようにしてうなずいた。

「……はい」

怖いって。

9．どん詰まりの天上と谷

夜はすっかり更けている。新市街の壁は相変わらずだ。望楼の穴からは明かりが洩《も》れ、壁の上を松明《たいまつ》の火がゆらめくように移動している。

ハルヒロは新市街の壁から十メートルも離れていない廃墟《はいきょ》の陰に身を潜めている。いろいろ検討したが、ここが一番よさそうだ。

理由は単純明快で、望楼と望楼との間が広い。目測で六十メートルほどもある。他はだいたい三十メートルから四十メートルだから、格段の差と言ってもいい。

日没直後と比べて、ゴブリンたちの巡回が甘くなってきている。それも確認ずみだ。二匹が一組になっているのは同じだが、一組の巡回がある地点を行きすぎてから、次の巡回がその地点を通るまで、ゆっくり二百まで数えられることもある。

音を立てないように、クザクには鎧《よろい》を脱がせた。大刀もセトラに預けてある。

メリイがそっとハルヒロの肩に手を置いた。暗くて表情はわからない。

「気をつけて」

ハルヒロはうなずいてみせた。

失敗する状況はいくらでも浮かぶ。その回避法。回避できなかった際の対処法。考えだすと止まらない。もちろん、緊張している。不安はある。ないわけがない。

きっと、どれだけ考えてもきりがない。不安が完全に消えることはないだろう。正直、こんなものだろう、とも思う。万事順調に進むなんてありえない。むしろ、たいていのことはうまくいかないものだ。不安定なのだから、不安なのがあたりまえ。安定、安心には手が届きそうにない。足場はいつもゆらゆら、ぐらぐらしている。なんとかバランスをとって立っているしかない。

ふう、と息を吐く。

セトラの足許《あしもと》にいたキイチが近づいてきた。後足で立って、ハルヒロの腿《もも》に前足をそっとかける。

「にゃ」

と、小さく鳴いた。よろしく、とでも言っているらしい。ハルヒロとしては、こちらこそどうかよろしくお願いします、という気持ちだ。キイチはヒヨやニールなどよりもずっと信頼できる。

「手はずどおり、キイチとおれが最初に壁を越える。それから、ヒヨ、ニールの順で」

「オッケーですよん」

「ああ」

「問題があったら報《しら》せるから、即中止して撤退。おれのことは気にしなくていい。自分でなんとかする。――じゃ、始めよう」

まずはゴブリンの巡回が壁越えポイントに来るのを待つ。待つのは得意だ。待つだけでいいならいくらでも待てる。でも、そういうわけにはいかない。

巡回が壁越えポイントを通過した。次の巡回が壁越えポイントに来るまでは、どうだろう。二百秒まではいかないか。百八十秒といったところだ。次を待つべきか。いや、それだけあれば充分だ。

まだ前の巡回が壁越えポイントの近くにいる。

八十秒待って、決行。二十秒以内に壁を越える。残りは八十秒。これでいく。

六十まで数えたところで、前の巡回、だいぶ遠くに行ったし、そろそろいいんじゃないか、という思いがハルヒロの中で鎌首をもたげてきた。

焦《じ》れているな、と気づく。まあ、ここは落ちつこう。

——六十七、六十八。

六十九。

七十。

七十一。七十二。七十三。

七十四。

ハルヒロは右手を上げてみせる。五秒前。

指を一本ずつ折ってゆく。四。

三。

二。

一。

早足でその場を離れる。キイチが、そしてクザクが、無言でついてくる。ヒヨとニールも続いている。

壁についた。

クザクが壁に両手をつく。

キイチがクザクの体を駆け登ってゆき、あっという間に壁の上に到達した。次はハルヒロの番だ。

クザクがこっちを向く。少し屈《かが》んで両手を膝の前あたりで組み合わせる。掌《てのひら》を上にするのではない。手の甲を上に向けている。

ハルヒロはクザクの両手に右足をかけた。クザクの両肩を左右の手で摑《つか》む。

「っ……！」

クザクが全身を伸び上がらせてハルヒロを押し上げる。すごい馬鹿力だ。クザクは一気に自分の頭より高い位置まで両手を上げた。たぶん背伸びもしている。クザクの身長は百九十センチくらいだから、ハルヒロは二メートル以上の下駄《げた》を履かせてもらったのと同じだ。壁の高さは四メートル足らず。これならよじ登るのはたやすい。

壁の上でキイチが待っていた。下では、ヒヨがハルヒロと同じようにクザクの助けを借りて壁を越えようとしている。ハルヒロは壁の上から手を伸ばした。ヒヨがハルヒロの腕につかまる。引っぱり上げた。

「どうも」

ヒヨが耳許《みみもと》で囁《ささや》いた。ハルヒロは無視する。次はニールの番だ。クザクがニールを押し上げる。ハルヒロはヒヨのときと同様、ニールが壁に上がるのを手伝った。

クザクが手を振る。ハルヒロは、行け、と身振りで合図する。クザクは壁から離れた。

次の巡回はまだ来ない。大丈夫だ。余裕がある。

まずキイチが壁の向こうに下りた。ほとんど音も立てずに着地する。高さは三メートルほどだろうか。旧市街側からよりも低い。

ニールが続く。キイチみたいにはいかない。壁の上端を摑んで、ぶらさがる恰好《かっこう》になり、そこから飛び降りる。

「んっ……」

声だけじゃない。けっこう音もした。巡回はどうだろう。気づかれてはいないか。

「あのオッサン……」

ヒヨが小声で呟《つぶや》いて、壁から下りる。ニールよりうまく着地したようだ。

巡回は？　平気だ。

ハルヒロも壁の向こう側に下りた。壁の表面を、蹴りはせずに何度か足の裏で押すようにして勢いを弱める。着地の際は体をできるだけやわらかくして地面に転がった。そのまま起き上がり、移動する。

新市街について、ヒヨから聞けるだけのことは聞いている。壁から下りた先、つまり、今、ハルヒロたちが移動している場所は、地面のようだが違う。通りの天井らしい。新市街の通りは基本的にトンネル状で、天井があるのだという。

ただ、通りの天井は採光や通気のためか、穴だらけだ。小さな穴もあれば、大きな穴もある。形も様々だ。ハルヒロたちはそうした穴の一つから通りに下りた。

「……狭えな」

とニールが呟いた。たしかに、幅は一・五メートルほどで、高さもそれと同じくらいだ。ハルヒロやニールより背の低いヒヨでも頭がつっかえてしまう。

「腰が痛くなりそうだぜ……」

「文句ばっかり言ってると殺しますよ？」

ヒヨの脅しがやけに直接的だ。ゆとりがないのだろう。

「次、無駄口をたたいたら殺しますからね。あと、はぐれたら生きて帰れないと思ってください。ヒヨが殺さなくても死にます。とにかくヒヨの言うとおりにすることですよ。さもないと殺します」

「……わかったよ」

「行こう」

ハルヒロは二人をうながしてトンネル道を進んだ。

ゴブリンの気配はない。彼らは人間と同じように朝起きて夜は眠る種族だ。それはオルタナで把握している。大半のゴブリンは寝床で夢を見ているのだろう。

もっとも、広くて天井の高いトンネル道はいくらか人通り、いや、ゴブ通りがあった。焼き物か何かで作られたような照明器具もあちこちに設置されている。道端で話しこんでいるゴブもいて、とてもではないが通り抜けられない。

中腰にならないと歩けないトンネル道を進むしかないということだ。ニールではないが腰が痛くなる。ひどく曲がりくねっていて、方向感覚が狂わされるのも困りものだ。曲がっているだけでなく、入り組んでいる。丁字路、十字路だらけで、何がなんだかわからない。たまにだが、ゴブが歩いてきたりもする。始末してしまおうか。迷うところだが、殺したとして、死体をどうするのか。隠しようがないから、放置するしかない。朝になって他のゴブが見つけたら、大騒ぎになるだろう。結局、ゴブが近づいてきたら、引き返してやりすごすしかない。

先が見えない。心が折れそうだ。

それでいて、折れないんだろうな、とも思う。

記憶がないので実感はないが、どうやらハルヒロはぎりぎりの綱渡りをかなり経験してきたらしい。先が見えないな、それで心が折れそうになっているな、と自分を客観視できている間はまだ平気だ。

先が見えないというより、前方のごく限られた範囲しか目に入らなくなって、置かれている状況、自分の心の状態もわからなくなってきたら、いよいよ本格的にやばい。

もしかすると、そうなってしまわないように、自分自身を客観視する癖が身についているのかもしれない。

ニールは、ひっきりなしに、もう嫌だ、というふうに頭を振ったり、音を出さずにため息をついたりすることでガス抜きをし、どうにか耐えているのだろう。道案内を買って出たヒヨも、その仕事に集中して、余計なことを考えないようにしているのだと思う。やり方はそれぞれだが、ストレスに対応する自分なりの方法を持っているのだ。

ヒヨが言うには、二十年前は大きな土団子のような建物が無秩序に建ち並んでいて、その間をトンネル道が埋めていた。メインストリート的な、広くて天井の高い通りは二本しかなかったようだ。両方ともアァスバァシィンを起点にしてのびており、片方がもっとも深き谷オォドンゴに繋《つな》がっていた。そのあたりは地図にもしっかりと描かれている。

二十年で新市街は様変わりしたようだ。あちこちに広い通りがあり、土団子とは言えないようながっしりした建物もたくさん建っている。

夜が明ける前に、アァスバァシィンだけは確認できた。というか、どこの通りの穴から天井の上に出ても、その偉容はたいてい目視できる。

腕が五本ある巨人のような形、とでも言えばいいのか。無数の穴があいていて、明かりがもれているから、夜闇にぼんやりと浮き上がって見える。ヒヨ曰《いわ》く、二十年前のアァスバァシィンは三分の二程度の高さで、あの腕のような部分が二本しかなかったというから、増築されたのだろう。

アァスバァシィンは新市街のだいたい中央にあるはずなので、オォドンゴの位置はおおよそ見当がつく。ただ、複雑なトンネル道を通って辿《たど》りつくのは難儀だろう。天井の上を歩いて行くのはどうか。しかし、行きつく前に日が昇ってしまうかもしれない。

仕方なくハルヒロたちはいったん新市街を出ることにした。新市街側からだと、壁の各所に階段がある。見張りがいるわけでもないから、巡回ゴブリンにさえ気をつければいい。新市街に入りこむのは難しいが、新市街から出るのはたやすいのだ。

待機場所の廃墟《はいきょ》に戻ると、尻尾を振ってハルヒロを喜び迎えるクザクがちょっと鬱陶しかった。いや、もちろんクザクにはキイチのような尻尾は生えていないのだが、それくらいの勢いで大喜びしてまとわりついてくるので、どうにかして欲しい。かといって、邪険にするとしょげたりするし。それはそれで心が痛む。ほんの少しだが。

「新市街の中に潜伏して探索を進めるってのは、現実的じゃなさそうだな」

ニールの言うとおりだろう。少なくとも当面は、旧市街にあるこの待機場所から新市街に通うしかない。ヒヨは不満げだ。

「そうこうしているうちに、新市街のゴブどもが動きださなきゃいいんですけどね」

ゴブリンたちはヒイロガネをことのほか珍重している。それが事実なら、副王ボッゴらが所有していたヒイロガネの武具を奪い返そうとするかもしれない。

夜を待って、ハルヒロとヒヨ、ニール、そしてキイチは、ふたたび新市街に侵入した。目的は、いと高き天上アァスバァシィン、そして、もっとも深き谷オォドンゴへの道筋を見つけることだ。

トンネル道は迷路さながらなので、もっぱら天井の上を移動した。しかし、天井は穴だらけだ。足をとられたり落っこちたりしないように、よくよく注意しないといけない。トンネル道の上に、建物同士を結ぶ通路があったりもする。その手の通路に限って、夜でもゴブリンが行き来していたりするから、気を抜けない。当然、トンネル道、通路の上に突きだした建物にはゴブリンたちが住んでいるわけで、不用意に声を出したら聞きつけられるかもしれない。なんとなく窓から外を眺めていたゴブリンに見つかるかもしれない。

モガドが住む城だというアァスバァシィンの周りには、かなり大きな建物が林立していることがわかった。アァスバァシィンはそうした建物群にほぼ完全に取り囲まれている。トンネル道の天井を伝ってアァスバァシィンに接近することはできそうにない。

天井が高くて広いメインストリートの、少なくとも一本はアァスバァシィンへと通じていそうだ。けれども、メインストリートは繁華街のような様相を呈していて、夜通し明るく、ゴブリンたちで賑《にぎ》わっている。メインストリートを通ってアァスバァシィンに行くのは難しい。というか、不可能だろう。

二日目の探索はそこまでで、三日目はオォドンゴを目指した。オォドンゴの位置自体は二十年前から変わっていないと思われるので、その場所に向かってトンネル道の天井上を進めばいい。

新市街の探索にも慣れてきた。だからこそ、油断を戒めるべく用心しなければならない。そのあたりは、わざわざハルヒロが言わなくても、ヒヨにせよ、ニールにせよ、そしてキイチも、ちゃんと心得ている。

オォドンゴには思ったより簡単に辿りつくことができた。

いや、正しくは、オォドンゴの手前までは、と言うべきだろう。

アァスバァシィンとは対照的だった。オォドンゴの周辺一帯には、何もない、と言ってしまうと語弊があるかもしれない。

もっとも深き谷。

それは谷というより縦穴だ。おおよそ円形の、たぶん差し渡し二百メートルほどもある広場に、直径百五十メートルくらいの穴が口をあけている。

すべてのトンネル道は広場で途切れており、穴の縁には無数の篝火《かがりび》が焚《た》かれている。広場を歩き回っているゴブリンたちは槍《やり》や盾を持っており、弩《いしゆみ》らしきものも背に負っているから、間違いなく警備兵だろう。赤い槍を持ち、赤い兜《かぶと》を被《かぶ》ったゴブリンも一匹、確認した。ヒイロガネ製の武具を身につけているということは、もしかすると警備責任者的なゴブリンなのかもしれない。

ハルヒロたちはトンネル道に下りてなるべく広場に近づいてみたり、オォドンゴの全景を望めそうな建物の上に登ってみたりした。どうにかして広場を突っ切り、オォドンゴまで行けないか。行けたとして、それからどうするのか。

広場をうろつく警備兵ゴブの数は、七十から八十四といったところだ。あのゴブたちに気づかれることなく広場を通り抜けられるだろうか。ハルヒロとキイチであれば、ひょっとしたらできるかもしれないが、ヒヨやニールには厳しそうだ。

オォドンゴはただの穴ではなく、内側に螺旋状《らせんじょう》の階段がある。階段はどこまで続いているのか。下りた先はどうなっているのか。そこまではわからない。松明《たいまつ》か何かを持って階段を上り下りしているのは、おそらく警備兵ゴブだろう。

広場を通過してオォドンゴまで到達できたとしても、階段を下りれば警備兵ゴブに出くわすことになる。警備兵ゴブを排除しながら階段を駆け下りて、どうにかウゴスとやらを探しだす。

やるとしたら、そうとうな賭けになる。

しかも、分がいい賭けではない。

ハルヒロたちは引き返した。夜が明ける前に新市街を出ないといけない。

トンネル道の天井上を歩いていると、ニールがこぼした。

「こんなのは初めてだぜ」

どうにも活路が見いだせそうにない。打つ手なしだ。粘りに粘って考えつづければ、いつか何か思いつくかもしれない、というような感じがまったくしない。

これがカードゲームなら、どうやっても相手に勝てない、負け確定の手札で、ただただ困っている。

選択肢は二つだ。

負けるか、下りるか。

でも、諸般の事情により、どちらも選べない。

「まだ手はありますよ」

壁を越える前に、ヒヨがそれだけ言った。

負け惜しみなんじゃないのと、そのときは思った。

むしろ、単なる負け惜しみであってくれたほうがよかったのかもしれない。

10. 二人の王

――昔、昔のお話です。

とある「神話」がありまして。

ええ、これはあくまでも、「神話」でしかないので……。

いくらかの真実、その種子みたいなものは含んでいるかもしれませんが、本当にあったこと、そのものではないはずです。

人びとが信じようとして、少なくとも、ある時期までは信じられていた、物語でしかない、と思ってください。


昔、昔のその昔、アラバンキア、と呼ばれる土地がありました。

アラバンキアについては、巨大な湖に浮かぶ島だとも、洪水に見舞われて沈んだ大陸だとも、遥《はる》か西、赤い海の果てにあるとも、はたまた、北の彼方《かなた》、凍土の向こうに広がる緑の楽園だとも言われています。

諸説ある、というわけです。何が正しいのかなんて、誰にもわかりっこありません。

とにもかくにも、かつてアラバンキアという土地があったのだ、という伝説が、古来、このグリムガルで語り継がれてきたのです。

アラバンキアは年中寒からず、暑すぎず、木々が生い茂る森は鳥獣であふれ、広々とした原っぱでは途切れることなく風が歌っていました。グリムガルは恐ろしい神々の戦いで荒れ果てていたのですが、アラバンキアだけは常に平和でした。

ある一家がアラバンキアに移り住みました。

お父さんはジョージといい、シオドア、イシュマール、ナーナンカという三人の息子がありました。他にも娘が何人かいたようですが、彼女たちの名は時に洗い流され、忘れ去られてしまいました。お母さんは一家がアラバンキアに着いてすぐ、亡くなってしまったみたいです。お母さんの亡骸《なきがら》をアラバンキアの土に埋めると、みるみるうちに大樹が育って、花を咲かせ、実をつけたといいます。その大樹が倒れてクアロンの山になったとも言われていますが、これはあんまり関係ない話なのでやめておきましょう。

ジョージと三兄弟はアラバンキアの地で、互いに助けあい、仲よく暮らしました。というか、気候はこの上なく温暖だし、ときどき降る雨は人肌より少しあたたかく、獣は狩り放題、果実でも何でも採り放題、川を流れる水は澄んできれいで飲み放題、探せばお酒が湧く泉もあるしで、苦労なんか一つもありません。

アラバンキアは嘘《うそ》のような、冗談のような理想郷でした。

一家はほとんど遊び呆《ほう》けていたのです。

ですが、あるとき、末息子のナーナンカが不思議なことに気づきました。

「ぼくら、ずいぶん長い間、ここで生活している気がするけれど、実際、どれくらい経《た》ったんだろうね。どうもお父さんにしろ、兄さんたちにしろ、これっぽっちも年をとっていないようだな。こんなことがあるものかな」

「言われてみれば、そうかもしれない」

次兄のイシュマールはのんきなものでした。

「でも、それならそれで、まあいいんじゃないか。いつまでも安穏としていられるということなんだから」

しかし、長兄シオドアの意見は異なりました。

「どうだろうな。もしかしたら、我々は夢を見ているのかもしれないぞ。みんなでアラバンキアに辿りついて、残念ながら母さんが死んでしまい、みんなで埋めたと思っているが、あれは本当なんだろうか。何もかもぜんぶ、夢なんじゃないか」

「母さんの木があるじゃないか」

次兄イシュマールは大樹を指さします。

「夢なんかじゃないよ。おかしなことを言う兄さんだな」

「何だと」

長兄シオドアはいきり立ちました。シオドアとイシュマールは、たまに言い争いをすることがありました。

「待て、待て、子供たち。喧嘩《けんか》してはならん」

　お父さんのジョージが威厳のある態度でたしなめました。

「シオドアが言うように夢だとは思わんが、誰も年をとっていないのはたしかに奇妙だ。孝行息子ぞろいで、おまえたちが食い物をとってきてくれるものだから、わしは食っちゃ寝食っちゃ寝しているが、一向に太らん。これもまた、変と言えば変だな」

「ぼく、ちょっと旅に出て外の様子を見てくるよ」

　末弟のナーナンカが言いだしました。誰も引き止めなかったので、ナーナンカはさっそく旅立ちました。

　一家は変わらずアラバンキアでのうのうと暮らしていたのですが、いつまで経ってもナーナンカが帰ってこないので、さすがに長兄のシオドアが心配しはじめました。

「ナーナンカを捜しに行こうと思う」

「いや、兄さんはここにいてくれ。ぼくが行ってくるよ」

　こうして次兄のイシュマールもアラバンキアを離れました。

　息子二人が待てど暮らせど戻ってこないものですから、さすがにお父さんのジョージはいても立ってもいられなくなりました。ところが、なんということでしょう。ここがこの話、いかにも神話だなあという箇所なのですが、お父さん、アラバンキアで食っちゃ寝食っちゃ寝しているうちに、根が生えたようにその場から動けなくなっていたのです。

ジョージお父さんは、亡くなったお母さんと同じように、みるみるうちに大樹と化してしまいました。

一説によると、お父さんは息子たちの身を案じるあまり暴飲暴食の限りを尽くし、食あたりでうっかりくたばって、シオドアに埋葬されたともいいます。

どちらにしても、こうなったら長兄シオドアが弟たちを捜しに行くしかありません。

まあ、兄弟の下には妹たちがいたようで、シオドアお兄ちゃんとの近親相姦《そうかん》めいたお話など、興味深いエピソードも残っているのですが、長くなるので割愛します。

シオドアは、とはいえ理想郷での暮らしが気に入っていたので、名残惜しさを押し殺すため、振り返るまい、振り返るまいと懸命に念じながら、アラバンキアをあとにしました。彼はきっと、なんとなく二度と戻れないかもな、というふうに感じていたのでしょう。そのとおりでした。

しばらく歩いて、もういいだろう、とシオドアが振り向くと、乳白色の靄《もや》が立ちこめていて、何にも見えません。しかも、その靄がシオドアめがけて押し寄せてくるではありませんか。何がなんだかわかりませんが、シオドア、危機一髪です。

逃げろ、逃げるんだ、シオドア。のんきに歩いている場合じゃない、走れ。全速力だ。行け。どんどん進め。

シオドアは何日も何日も駆けつづけ、いや、そんなことをしたら死んでしまいそうですが、神話の登場人物ですからそれくらいのことはやってしまいます、そうしたら湖の畔《ほとり》に辿《たど》りついたので、そこで一休みすることにしました。

リンストーム、ディオーズ、黒金連山《くろがねれんざん》といった山々に囲まれたその湖はたいへん美しく、シオドアはすっかり心を奪われてしまいました。おい、兄弟はどうなった、と思わなくもありませんが、そこは神話です。まともなツッコミは無粋というものでしょう。

「家を守る壁のような高い山並み、理想郷にもなかったようなすばらしい湖、ここに国を建てない手はない。これより働き手を募集する。我が国に住みたい者は集い来たれ。私は王となり、この国をアラバキアと名付けよう」

おいおい、いくら何でも突然すぎるだろ、というツッコミも野暮なので、思っても口には出さないでくださいね。湖の畔で一人、俺は王になる、国民にしてやっからがんがん集まってこいよ、などと叫ぶ男、想像するとかなりシュールですが、どういうわけかその呼びかけに応えて、北からも西からも東からも人びとがやってきては、次々とシオドアの前にひざまずき、忠誠を誓ったのだそうです。シオドアはいちいち彼ら、彼女らの額にキスして祝福を与え、偉そうに「おまえを我が国民と認めよう」なんて言い渡したのだとか。わけがわかりませんか？　そうでしょう、そうでしょう。でも、神話なのでしょうがありません。

何の神話かと言いますと、我らがアラバキア王国、その建国神話です。

シオドア・ジョージ、ジョージ一世とも呼ばれる一人の男が、今から六百六十年ほど前、こうやってアラバキア王国を打ち立てたのだ。

そういう言い伝えです。


ちなみに、ですね。

ジョージ一世は二人います。

え？

どういうこと？

そう思いますよね。

このあたりはちょいとややこしいので、簡潔にまとめて説明します。

じつは、アラバキア王国を建てたのはシオドア・ジョージではありません。もしかしたら、シオドアという名の男は実在したのかもしれませんが、最初にアラバキア王として名乗りを上げたのは、その人物ではないのです。

アラバキア王国は六百六十年も前にできたのだ、という話も絵空事です。少なくとも、そんな記録は一つたりとも残っていません。

三百六十年くらい前のある日のことです。

エナドという男が、今日から俺は王だ、文句あっか、あるならかかってこい、全員ぶっ殺してやんよ、と高らかに宣言しました。

当時の状況は、何しろ今となっては人間の王国が軒並み消え去ってしまったので、よくわからないのですが、どうやらエナドのような王がたくさんいたみたいです。地域の人びとをまとめ上げるカリスマ、人脈、そして武力が物を言いました。王といっても、まあ、ギャングの親分みたいなものでした。荒くれたギャングがバックについていないと、おちおち夜も眠れないような乱世だったわけですね。そうなると、なるべく腕っ節が強くて、できるだけ気前のいい親分についていこう、と考えるのが人情というものです。

エナドは湖の畔にある町の顔役で、押しも押されもしない大ギャングの大親分でした。三百何十年前ごろは、そういう立場の人間が次々と王になってゆく時期だったのです。

エナドがすごいのは、もしかしたら誰かの入れ知恵かもしれませんが、俺はただのエナドじゃないんだよ、と打ちだしたところでしょう。

アラバンキアという理想郷がある、という話はみんな知ってるよな。ジョージの息子シオドアが湖の畔に王国を建てた。あの有名な伝説さ。じつを言うと、この町こそがその場所で、この俺エナドはシオドアの子孫なのだよ。我こそはジョージの息子シオドアの末裔《まつえい》エナド・ジョージ、我々の王国をアラバキアと名づけよう。どうだ。すごいだろう。

実際、エナドは実力者でした。近隣の村、町、ギャング、その親玉、王たちをどんどん傘下に収めてゆき、アラバキア王国の勢力拡大はとどまるところを知りませんでした。

ところが、獅子身中の虫《しししんちゅうのむし》というやつはいつの世も、どこにでもいるものです。といいますか、エナドを中心に急成長を遂げたアラバキア王国には、言ってみればギャング連合のような側面がありました。エナドに心酔して付き従う者もいれば、この流れ、ビッグなウェーブには逆らえん、とばかりに、やむをえず臣下の礼をとる者もいたわけです。

ただ、イシドゥア・ザエムーンは、王の右腕、側近中の側近だったといいますから、エナドにしてみれば、まさかよりにもよってこいつが裏切るなんて、という気分だったのではないでしょうか。

イシドゥアにも、パワハラがひどかったとか、地位が高くなるごとに増長する王を見ていられなかったとか、上と下の間に立つこっちの身にもなって欲しいとか、理由はいろいろあったのでしょうが、エナドの命を狙ったことは間違いありません。

とはいえ、そこはエナドも王にまで上りつめた男、只者《ただもの》ではなかったのです。

「ムムッ、殺気！」

とばかりに忍び寄る暗殺の脅威を察知し、逆襲に転じようとしましたが、イシドゥアもさる者でこの動きにすぐさま対応。命からがら逃げだしたエナドを、イシドゥアは追っ手を繰りだして仕留めようとしましたが、誰も彼も返り討ちに遭ってしまったといいます。

やるな、エナド。すごいぞ、エナド。偉そうにふんぞり返っているだけじゃなくて、めちゃくちゃ強かったのですね。

さて、この一件、イシドゥア・ザエムーンの反逆だということは、誰の目にも明らかでした。しかしながら、大勢がイシドゥアに手を貸し、傍観者的な態度をとった者も少なくありませんでした。やっぱりエナドのパワハラ体質はひどかったのでしょうか。民からは支持されていても、政権内部ではそうとう嫌われていたようです。

イシドゥアたちとしては、是が非でもエナドを始末したい。そうしたいのは山々ですが、どうもエナドはすでにアラバキア王国の外に逃れてしまっている。エナドは半死半生だとも言われていましたが、それでも追っ手を皆殺しにするほどの手練《てだ》れです。なんとか捜しだせたとしても、いつになるか。そこでイシドゥアは、大々的にこう発表したのです。

「遺憾ながら、我らが王は突如、ご乱心あそばされ、出奔された。我々家臣一同、全力で捜索しているが、どうにもこうにも消息がつかめない。いつまでもこのままというわけにはいかんので、とりあえず代わりに王を立てることとしたい。知ってのとおり、エナド・ジョージ王には妻も子も兄弟もいないが、遠縁の者がいる。彼女はエナド王と同じく、我がアラバキア王国開祖シオドア・ジョージの子孫ということになろう。彼女に我らの女王になっていただき、皆で一致団結してもりたてようではないか」

こうして即位した年若い娘フリアウは、本当にエナドの親戚だったのでしょうか。どうせでっちあげなんだろうなーと推測せざるをえないわけですが、イシドゥア・ザエムーンが摂政として開祖シオドア・ジョージの子孫である女王を支える、という体制が急ピッチで整えられました。女王フリアウの血筋は、シオドア直系のジョージ家、宗家として続いてゆきます。

ちなみに、エナドにはスティーチという名の義兄弟が一人いました。義理の兄弟ではなくて、あくまで義兄弟です。血の繋《つな》がりはないのに兄弟の交わりを結んだくらいですから、ものすごく仲がよかったのでしょう。もともとは大親分エナドの一の子分だったスティーチですが、だんだん疎んじられるようになったというか、イシドゥア・ザエムーンを筆頭に有能な人材が増えてきたら、相対的に価値が下がって、おまえ実際そんなに使えないよね、と見なされるようになっていったというか。イシドゥアはそんなスティーチにも声をかけて協力をとりつけ、反逆後も待遇をよくするなどして、うまくやったようです。まったく抜け目がないですよね。イシドゥア・ザエムーン。できる男です。

なお、スティーチの一族は王国の北部に盤踞《ばんきょ》して、いつしか開祖シオドア・ジョージの血をうっすら引いているような空気を出すことに成功し、北家と呼ばれるようになりました。もちろん、エナドとも義兄弟でしかなかったわけですから、シオドア・ジョージとは全然関係ないのですけれども。

こうして波乱の幕開けとなったアラバキア王国ですが、その後も陰惨きわまりない策謀、暗闘、血で血を洗う権力闘争、骨肉の争いを繰り広げながら、グリムガル随一の強大な王国へと発展してゆきます。

宗家と北家の間で繰り返された暗殺の応酬、政敵だったイシドゥア家の貴公子とモーギス家の令嬢との禁断の恋、そして没落するモーギス家、ヴェドイー家当主の変態スキャンダルで危機一髪、いつも棚ぼたウォーター家、等々、おもしろトピック満載のアラバキア王国史ですが、時は王国暦五百三年、今から百五十七年前、ということになりますか。アラバキア王国をはじめとする諸王国のあちこちで、動く死者の群れが出現、暴れ回るという怪事件が頻発します。わかりますね。そうです。

かの有名な不死の王《ノーライフキング》が現れたのです。

死んだ人びとが起き上がって、生きた人間を襲うだけで一大事ですし、スズメバチの巣をつついたような騒ぎになっていたわけですが、王国暦五百五年、その上さらに、とんでもない大事件が起こってアラバキア王国に激震が走ります。

イシドゥア・ローロ、あのイシドゥア・ザエムーンの子孫にして、アラバキア王国の重鎮、といっても当時はまだ若く未婚で、貴婦人に求愛されない日はないほどだったらしいですが、その超有名人が、なんと、突如として行方不明になったのです。

と思ったら、しばらくするとひょっこり宮廷に出てきて、やたらと青白い顔で言うではありませんか。

「私はもう昨日までの私ではない。諸君に降伏を勧告する。死から見放されし死を司《つかさど》る者、死の王にして不死の王、我が主たる不死の王《ノーライフキング》に降《くだ》れ。死を受け容《い》れよ、さすれば永遠の生命が保証されん。この私のように」

いや、それはもう、大騒動ですよ。すったもんだというか、しっちゃかめっちゃかになったあげく、イシドゥア・ローロは選《よ》り抜きの衛兵たちに二十七本もの刀槍《とうそう》で斬りまくられ、貫かれまくったといいますが、それでも死にませんでした。

「それが諸君の答えなのだな。私から我が主に伝えるとしよう」

イシドゥア・ローロは自分の体に刺さった何本もの剣や槍《やり》を引きずり、黒ずんだ血を流しながら、宮廷を去りました。まさにその翌日から、のちに不死族《アンデッド》と呼ばれるようになる動く死者たちの大攻勢が始まったのです。

不死族《アンデッド》の攻撃は、アラバキア王国だけではありません。他の人間族諸王国にも及びました。諸王国が手に手を取ってこの凄惨な大難局を乗りきろうという気運もなくはなかったのですが、みんな我が事で手一杯でしたし、そもそもあまり仲がよろしくなかったので、ちょっと無理めな感じでした。人間族と比較的良好な関係を築いていたエルフやドワーフの王国も、不死族《アンデッド》に攻めたてられて四苦八苦していました。

王国暦五百十三年、不死の王《ノーライフキング》の呼びかけに応《こた》えて、長らく人間族に虐げられてきたオーク、ゴブリン、コボルドといった種族や、影森のエルフから離反した灰色エルフ、それから当然、不死族《アンデッド》が、いわゆる諸王連合を結成しました。

オークや灰色エルフはともかく、ゴブリン、コボルドには、それまで王がいなかったようです。不死の王《ノーライフキング》が、やっぱり王はいたほうがいいのではないかと思うよ、そのほうが種族として結束できるし、パワーアップできるよ、と助言して、ゴブリンとコボルドはこれを受け容れたのでした。

諸王連合の提唱者にして盟主である不死の王《ノーライフキング》には、イシドゥア・ローロ以下、五公子と呼ばれる側近がいましたが、その五人も、オーク族などの諸王と対するときは臣下のように跪《ひざまず》いたといいます。盟主であっても他の王と対等です、不死族《アンデッド》、オーク、ゴブリン、コボルド、灰色エルフ、みんな違ってみんないい、一緒にがんばろうね、という姿勢を率先して見せつけたわけです。

人間族諸王国は完全に劣勢に立たされました。イシュマル、ナナンカといった精強な王国や、クゼンのような小さくとも強固な国が、相次いで滅ぼされました。エルフはこの災厄をやりすごそうと、ほとんど影森に引きこもるようになりました。髭《ひげ》を生やした樽《たる》みたいなドワーフたちは雄々しく戦いましたが、多勢に無勢で連戦連敗、黒金連山《くろがねれんざん》の鉄血王国に戦力を集中させて守りを固めるのがやっとでした。

アラバキア王国の軍事力や経済力は、そうした国々よりもすぐれていました。ですが、アラバキア王国が人間族の最後の砦《とりで》になったのは、領土が広く、人が多く、兵が強かったからではありません。単に、もっとも南に位置していたからです。不死の王《ノーライフキング》は北の地からやってきました。不死族《アンデッド》は南下して人間族やエルフ、ドワーフを襲い、諸族を糾合してますます南進し、アラバキア王国の王も官吏も将兵も民も南へ、南へと逃げました。

王国暦五百二十一年、今から百三十九年前のことです。

アラバキア王国最南の都市ダムローがついに陥落しました。

時のアラバキア王ゲーリーは、そのずいぶん前にこっそりダムローを脱出し、地竜大動脈道を通って天竜山脈の南へと避難していたといいます。

最後までダムローで踏んばり、一人でも多くの民を逃がそうと奮闘したのは、エナド・ジョージの義兄弟スティーチの血脈である北家の当主ギスケーと、その一族郎党だったとか。ゲーリー王は宗家の出で、名門北家のギスケーと激しく対立していたので、あえて置いてけぼりを食わせたのではないか、という説もあったりしますが。

南の別天地に見事とんずらをぶちかましたゲーリー王らは、北家が断絶したのをいいことに、エナド・ジョージがアラバキア王国を建てたのだがイシドゥア・ザエムーンらに命を狙われて行方知れずになり、どこの馬の骨ともわからない娘フリアウを女王にして王国を牛耳った、という陰惨な歴史をなかったことにしました。

アラバキア王国を打ち立てたのは、あくまで伝説の男シオドア・ジョージである。彼こそが開祖ジョージ一世なのである。そんな建国神話を、正史にしてしまったのです。思えば、あの血なまぐさい開幕劇こそが、アラバキア王国を陰謀渦巻く修羅の国にしてしまったのだと言えないこともありません。ここは一つ、過去は水に流しちゃおうよ。蛮族が跳梁《ちょうりょう》跋扈《ばっこ》する別天地で心機一転、新たな国造りを進めるためには、一枚岩にならなくちゃ。

まあ、彼らも彼らなりに必死だったのでしょう。好意的に解釈すれば、ですけどね。

11. いつか借りはのしを付けて

「――さぁて。ずいぶんとまあ長々と物語っちゃいましたし、いいかげん心の準備はできてますよね？」

ハルヒロを見下ろすヒヨの顔下半分は布で覆われている。おかげで表情がよくわからない。でも、間違いなくニヤニヤしていると思う。

「まあ、……覚悟はとっくにできてるって言えば、できてる、……かな」

ハルヒロが仰向《あおむ》けになって寝ている台のちょうど真上の屋根に穴があいていて、そこから強い日射《ひざ》しが射《さ》しこんでいる。変な気分だ。

上半身裸だし。

台の正体は、廃墟《はいきょ》の中からクザクが見つけて運んできたテーブルだ。そのテーブルの上に清潔な布を掛け、その上にハルヒロが半裸で寝そべるという、なんとも奇妙なことになっている。

「それじゃ」

台のそばに立っているヒヨの近くにも台が、というか椅子が置いてある。この椅子の座面にも清潔な布が掛けてあり、その上には煮沸消毒したナイフと、直径三センチくらいの蕾《つぼみ》みたいな形をした物体が並べられている。

「そろそろ、やっちゃうとしますかね」

ヒヨが右手でナイフを引っつかんで持ち上げ、刃先を見つめる。左手の人差し指で切っ先をつつこうとする。

「ぬっふふふ……」

ニヤニヤするどころか、声を出して笑ってるし。

さすがに、おい、と注意しようとしたら、ヒヨは左手を引っこめた。

「おぉっとっと。せっかく消毒したんですから、さわっちゃいけないですね」

「……やるならさっさとやっちゃってくれないかな。なんか、疲れてきた」

「その前に、何か言い残しておきたいこととかあったりしますか?」

明らかにヒヨは楽しんでいる。これ以上、喜ばせたくない。

「ないよ」

「そうですか」

ヒヨは、つまんね、と言いたげな顔をした。

「でしたら、横向きになってくださいな」

言われたとおり右の脇腹を上に向けると、壁際で不安そうにこっちを見ているクザクと目が合った。クザクの近くにはメリイとセトラもいる。キイチとニールは念のため、廃墟の外で見張りをしているはずだ。

「……っていうかさ」

クザクが唇をわなわなと震わせて言いだした。

「ちょっと俺、やっぱりなんかこれ、どうしても納得できないんだよね。その役目って、ハルヒロがやらなきゃいけないのかな。他の誰かじゃダメなの？　たとえば、あのオッサンとかさ」

あのオッサンというのはもちろんニールのことだろう。

「他の誰かじゃダメなんですよ」

ヒヨは鼻先で笑う。

「ニールさんもそこそこ優秀な斥候兵みたいですけどね。ヒヨも盗賊っぽいことはできます。でも、褒め殺しみたいにとられるとアレなんで、こんなことは言いたかーないんですけど、ハルくんは実力的に頭一つ抜けてるんですよね」

「……その、ハルくんっていうの、やめてくれない？」

ハルヒロは言うだけ言ってみて、後悔した。

「ハルくんは」

ヒヨはわざとらしく繰り返した。

「なかなかの盗賊っぷりなんですよね。ハルくんは」

言わなきゃよかった。

「この作戦にはハルくんみたいな腕っこきの盗賊が適任なんです。ハルくんがいいんです。ハルくんじゃなきゃダメなんです。ゆえに、ハルくんにやってもらいます。さぁーさ、準備はオッケーですね、ハルくん?」

ハルヒロは返事をする前にクザクを見た。どうして若干、目を潤ませているのか。そんな目で見ないでもらいたい。眉根を寄せ、唇を引き結び、えらく情けない顔をしている。

「おれがやるって、最終的には自分で決めた。信じろとか、そんな偉そうなことは言えないけど。あんまり心配されると、なんか落ちつかないし」

「……だよね」

クザクはうなだれた。

「ごめん。言うまでもないと思うけど、俺はハルヒロのこと、信じてるし。ただ、術中にハマってるみたいなのが気に食わないっていうか」

ヒヨがむくれてナイフをくるくる回した。

「その言い方じゃ、まるでヒヨが悪辣な策略家みたいじゃないですか。ヒヨは頭脳派なだけですよ。根は善良なんですからね」

「……善良?」

とメリイが呟《つぶや》いた。セトラがため息をつく。

「無駄口をたたいていないで、早くすませたらどうだ」

「やりますよ。言われなくたって。やるっつってんだろ、このクソビッチがぁ」

ヒヨは左手をハルヒロの腰にあてがった。右手に持つナイフが鈍く輝いている。ナイフが自ら発光するはずもない。天井にあいた穴から射しこむ光を反射しているだけか。

こういうときはどうしたらいいのだろう。見ていたほうがいいのか。そっぽを向いているべきか。終わるまで目をつぶっていればいいのか。

動悸《どうき》がすごい。呼吸も浅くなっている。

ヒヨが、ふうっ、と息を吐く。

まあ、なんとなくだが、見ていたほうがよさそうだ。

「いきますよ」

「いつでもどうぞ」

我ながら微妙な返しだなと思った。ヒヨはちょっとだけ笑い、ハルヒロの右脇腹にナイフですっと切れこみを入れた。

ぷつっ、という小さな音がして、痛い、というよりは、熱っ、という感じだった。いや。どうだろう。やっぱり痛い。痛いな。痛い。ハルヒロは歯を食いしばる。おぉう。痛いわ、これ。脂汗がにじむ。流れだす。暴れたい。暴れないけど。じっとしていないと。

「もう少し切りますよ」

今度はうなずくことしかできなかった。ヒヨのナイフが傷口から入って中を引っかき回す。引っかき回してはいないのかもしれないが、それくらいひどいことをされているとしか思えない。痛い。けど、耐えられる、かな。我慢はできる。

「ごめんなさいね、あと一センチ、……二センチ切ります」

でも、いらないから。そういう説明とか。解説とかしなくていいから、ちゃちゃっとやって欲しい。こうなったら、皮膚でも肉でも何でも、好きなだけ切ればいいし。

「筋肉にはなるたけ傷をつけないようにしてますからねー。このへんは皮下脂肪だと思うんですよね。たぶんですけど。なんで、平気、平気」

だから、いらないって。言わなくていいって。そんな実況、聞きたくないから。

「えいっ」

「……ぐっ」

「ほいっ」

「……ぉぉわっ」

「んにゃんにゃんにゃっ」

「……んんんぐっ」

「あと一息、あと一息、うりゃぁっ」

「……わ、わざとやってるだろ」

「んなことないですって。やだなー。ゲスの勘ぐりっていうんですよ、そういうの。さてさて、いよいよ、いよいよですよ。遺物《レリック》、移植しちゃいまーす。メリイちゃん、用意はできてますねー？」

「ええ。わたしはいつでも。早くして」

「でしたら、いっきますよー」

ヒヨがナイフを置き、代わりに蕾のような物体を台からつまみ上げた。ナイフで切開される痛みにはやや慣れてきたが、あれはまた別物だろう。ハルヒロはあらためて奥歯を噛《か》み締め、気合いを入れる。

「よいしょぉー！」

ヒヨが蕾のような物体をハルヒロの中にねじこんだ。

これは。

「ぁふっ……」

変な声が出た。

悲しく、せつなくなる、というか。泣きたくなってくるというか。かなり、そうとう、いやな種類の痛みだ。

「入った！　入りましたよ！　いいですよ、メリイちゃん！」

「光よ！　ルミアリスの加護のもとに――」

メリイが駆け寄ってきてヒヨを押しのけた。あと少しの辛抱だ。メリイ。メリイ様。拝みたいような気分だった。

「光の奇跡《サクラメント》！」

まさしく奇跡だ。

眩《まぶ》しい。

光が広がる。

瞬時に痛みが消え失《う》せて、力が抜けた。

「ハル……！」

そうかと思ったらメリイが飛びついてきた。

「大丈夫？　もう痛くない？　ハル？　どう？」

「……あ、うん、だ、大丈夫、……です」

「よかった……」

だよね。とりあえず、よかった。

その点はハルヒロも同感だが、そうくっつかれると。上半身、裸だったりするし。あと、それから、そうだ。

「……血が、ついちゃうよ、メリイ」

「あぁ」

　メリイは一瞬、気にするそぶりを見せた。でも、自分の衣服が汚れるのはどうでもいいようで、台に掛けてある布の端を引っぱり、それでハルヒロの体をふきはじめた。

「傷はちゃんとふさがってる。違和感はどう？　それなりの大きさのものが中に入ったままだから」

「……そんなには。さわりさえしなければ、ほとんど気にならないかも」

「だったらいいけど」

「てゆーかぁぁ」

　ヒヨが口を挟んできた。嫌みたらしい声音だ。ありとあらゆる負の感情をいっぺんに表現しようとでもしているのか。目をすがめるだけでなく、顔全体をゆがめている。

「堂々といちゃこらしてんじゃねーぞ、ウォイイィ？　急ぎでもねーんだし、癒し手《キュア》で充分だっつーのに光の奇跡《サクラメント》なんかぶっかましやがってよぉ。見せつけてんのか？」

「そっ、そんなつもりじゃ……！」

　メリイはいそいそとハルヒロから離れた。

　おかげで、一息つけた、というか。やっぱり異性に密着されていると、べつに不快ではなくて、どちらかと言えば、その反対なのかもしれないが、どうにもこうにも落ちつかないというか。人それぞれなのだろうが、ハルヒロの場合、相手が同性であっても、たとえばクザクにべたべたされたりしても、気持ちが安らがない。

ハルヒロが身を起こすと、クザクが服を持ってきた。

「はい！」

だからね。

なぜゆえ満面に笑み？

そういうの苦手なんだって、と言ったら、クザクはまたしょんぼりしそうだ。間違いなく悪気はないわけだし。我慢しよう。たいした我慢じゃないし。

ハルヒロは服を受けとって着る前に、右脇腹をさわってみた。遺物《レリック》が入っている部分が少し盛り上がっていて、そこにふれると痛みというよりもどかしさのような、今すぐにでも取り除きたい異物感がある。

「……まあ、これくらいなら」

むろん、これはヒヨの発案だ。遺物《レリック》を利用する作戦なので、ハルヒロたちでは絶対にひねり出しようがない。

ただ、仮に自分たちの手許《てもと》に遺物《レリック》があったとしても、思いつくかどうか。ぱっと脳裏をよぎっても、いや、これはない、無理、と即座に却下してしまうかもしれない。

ハルヒロは服を着て、台から下りた。

「じゃ、がんばってくださいね？」

ヒヨに肩を叩《たた》かれた。殴りたくなったが、とっておくことにして、無視した。

今はこうやって協力して事にあたっている。仕方なく、だ。この関係はいつまでも続くわけじゃない。

そのときが来たら、ヒヨには相応の代償を払ってもらう。

ヒヨがハルヒロたちに損害を与えたり、不快にさせたりするごとに、払うべき代償の額は上がってゆくのだ。

12・眼差しの先

クザクが新市街の壁に背をつけて少し膝を曲げ、両手を組み合わせる。キイチがクザクの肩を、頭を踏み台にして、壁の上まで駆け登った。ハルヒロはクザクの両手に右足をかけた。クザクが一気にハルヒロの体を押し上げる。

壁を越え、夜の新市街に入りこんで、トンネル道の天井上を進む。キイチは自由自在だ。天井の穴をひょいひょい跳び越えてハルヒロを先導したかと思ったら、素早く建物に登ってあたりを見回したり、少し遅れて後方を警戒したりもする。ハルヒロがああしろこうしろと指示を出す必要はまったくない。キイチは本当に賢いニャアで、信頼の置ける相棒だ。しゃべらなくていいのも助かる。ハルヒロはできるだけ黙っていたいほうなのかもしれない。人が嫌いというわけではないのだが。

目指すはアァスバァシィンだ。

アァスバァシィンに通じているとおぼしきメインストリートに下りてみたが、やはり人通り、ではなく、ゴブ通りが多い。隠形《ステルス》をうまく使っても、突破できるかどうか。

ハルヒロとキイチはふたたびトンネル道の天井に上がった。アァスバァシィンを取り囲む大型建築群は、近づくとそびえ立つ崖のようだ。どの建物も穴、すなわち窓だらけだし、形状も千差万別で、よじ登ることができる外壁はごく限られている。

思いきって窓から建物の中に入ってみた。中の構造はかなり複雑で、扉がある部屋もあれば、ない部屋もある。通路の途中に設《しつら》えられた土盛りのようなベッドで、ゴブが眠っていたりもする。

いつの間にかキイチがいなくなっていたが、ハルヒロは気にしなかった。建物内の探索を進めていると、キイチが戻ってきた。来た方向に体を向けて振り返り、軽く尻尾を振ってみせる。こっちにおいで、という仕種《しぐさ》だとハルヒロは解釈した。

キイチについてゆくと、地下でもないのに穴蔵のような部屋に行きついた。大小の壺《つぼ》が並び、積み重ねられている。何だろう。強烈というほどではないが、独特の臭いが充満している。黴臭《かびくさ》くも甘ったるいような。

壺の蓋を開けてみると、中身は黴のかたまりとしか思えないような物が詰まっていて、先ほどから嗅いでいる臭いを百倍に強めたような臭気が広がった。ハルヒロは慌てて蓋を閉めたが、曲がった鼻はしばらく戻りそうにない。

穴蔵部屋の上のほうに窓がいくつかある。そろそろ夜明けだ。

おそらくここは貯蔵庫なのだろう。壺の中身は食べ物なのか。あれを食べる？　発酵食品だとすると、ありえそうだ。

ハルヒロは貯蔵庫の奥に身を隠して夜を待つことにした。ときどきゴブの気配を感じるが、貯蔵庫の近くを通っても、入ってはこない。キイチはハルヒロの足許《あしもと》で丸まって寝息を立てている。人間よりもずっと感覚が鋭敏なキイチが眠りこけているのだから、ここは安全なのだろう。かといって、気は抜けない。さりとて、気を張りすぎると保《も》たない。緩く集中する、とでも言えばいいのか。必要なことにだけ注意力を向ける。座って壁に背を預けているし、半分居眠りしているようなものだが、少しの物音も聞き逃さない。

キイチはたまに目を覚まし、貯蔵庫から出ていっては戻ってくる。

ハルヒロはときおり立ち上がって、体をほぐした。二度、携行食を食べ、キイチにも分けた。

日が暮れて、ゴブたちが寝静まった。ハルヒロとキイチは貯蔵庫をあとにした。

キイチは昼間も建物内を歩き回っていたので、だいぶ構造を把握できているようだ。キイチの案内で出入口の場所はわかったが、ゴブがいたので近づけなかった。複雑に感じる理由も判明した。この建物だけかもしれないが、階段がないのだ。そのため、一階、二階、三階、といった明確な階層がない。各部屋の大きさは天井の高さまでばらばらで、通路はだいたい傾斜している。階段は見あたらない。上下の部屋が縦穴で繋《つな》がっていて、ロープを垂らしてあったりする。

ハルヒロは高いほうへ、高いほうへと移動することにした。ゴブに用心しながらなので、迂回《うかい》しないと進めないことも少なくない。時間はかかる。でも、焦らず、ちょっとずつでいいから、上へ。上のほうへ。

これ以上は上がれそうにない。窓を探す。そこから外に出た。地上十四、五メートルといったところだろうか。けっこう風がある。さすがに足がすくんだ。キイチはするすると外壁を登ってゆく。てっぺんに着いたのか。たぶん今、キイチがいる場所がこの建物の屋上だ。

なるほど。キイチはハルヒロでも登れそうなルートを教えてくれたらしい。やってみると、キイチのようにはいかなかったが、ハルヒロもなんとか屋上まで辿《たど》りつけた。

屋上といっても平らではない。平べったくした団子のような形をしている。端に出っぱりがあるわけでもないし、足を滑らせたら一巻の終わりだ。ハルヒロは慎重に片膝をついてアァスバァシィンを見上げた。

いと高き天上、アァスバァシィンは、この建物の向こうにそびえ立っている。高さは三十メートル以上あるだろう。腕のような構造物が五本。そのうちの一本は、ハルヒロとキイチがいる建物の上空をかすめてのびている。

「でかっ……」

久しぶりに声を発した。キイチがハルヒロの膝に頭をこすりつける。喉を撫《な》でてやったら、気持ちよさそうに目を細めた。

「付き合わせてごめんな。やっぱりおれ一人だったら、かなり心細かったかも。いてくれて助かる」

キイチは、気にするな、とでも言うように、ニャ、と短く鳴いた。

何度か深呼吸をする。

よし。行こう。

ハルヒロは屋上から下りはじめた。よじ登ってきたのとは逆側、つまり、アァスバァシィン側の外壁を下りてゆく。登ってきたときと同じで、下りられる箇所はそれほどない。どうしても窓から窓へと伝い下りる形になる。下りられなければ、窓からいったん中に入るしかない。

一人だったら心細かった。いや、それどころの騒ぎではない。キイチの助けがなければ、何倍も時間が掛かっただろう。ひょっとすると、いくら時間を費やしても進めなかったかもしれない。

空が白みはじめるころには、地上まで一息というところまで下りられた。キイチが安全を確認してくれたので、ハルヒロは窓から建物内に入った。目を凝らして入った窓からアァスバァシィンを観察した。

あんなふうになっているとは予想していなかった。

大型建築群に囲まれている区域がアァスバァシィンの敷地、ということになるだろう。そこは平らな土地で、柵や塀、アァスバァシィン内部へと通じるトンネル道があるのではないか。ハルヒロはそう考えていたのだが、違った。

深く抉《えぐ》れている。

堀なのか。水が湛《たた》えられているようには見えない。空堀か。もしくは、巨大な穴を掘り、その底にアァスバァシィンを建造したのかもしれない。

堀の深さは、どうだろう、十メートルはありそうだ。幅はそれ以上。ざっと二十メートルといったところか。

堀は越えられなくもない、と思う。水堀でないのなら、底まで下りて歩けばいい。問題はその先だ。どうやってアァスバァシィンに入ればいいのか。

とりあえず下りてしまおうか。いや、出たとこ勝負に挑むような状況ではない。そのうち日も昇る。ここは我慢のしどころだ。

ハルヒロは建物の中で次の夜を待つことにした。キイチも心得たもので、安全そうな場所を見つけてくれた。今度は物置らしい部屋で、雑多な物で溢《あふ》れかえり、埃《ほこり》っぽくはあるものの、比較的快適だった。ほとんどゴブの気配を感じることはなく、横になって少し睡眠をとることさえできた。

昼は長い。考える時間はたっぷりあった。

また夜がやってくると、ハルヒロはこの建物の中をどれだけ下りられるか、確かめてみることにした。なんとなくだが、あの堀の下に空間があるのではないかと思ったのだ。もしそうだとしたら、この建物からその空間に入れないだろうか。

ずいぶん下りたところに扉付きの出入口があった。ゴブはいない。少し迷ったが、ハルヒロは腹を決めた。

扉に歩みよる。把手《とって》を握り、押したり引いたりしてみたが、扉はびくともしない。把手をねじると、扉が動くようになった。

扉をゆっくりと引き開ける。なるべく静かにしたつもりだが、音を立てずに開けるのは不可能な扉だった。軋《きし》むというよりこすれる音がどうしてもする。

開けた部分から外をのぞく。キイチはするりと外に出た。

トンネル道だ。ぼんやりと明るい。少し進むと丁字路になっているらしい。その先に灯火があるようだ。

後ろのほうで何か動くものの気配がした。ゴブか。建物内のゴブが近づいてくる。

今から引き返すのはかえって危険だ。ハルヒロは扉をもう少し開けて外に出た。扉を閉める。けっこう大きな音がして、肝が冷えた。建物内のゴブは今の音を聞きつけただろうか。わからない。扉はもう閉めてしまった。確認しようがない。

そんなつもりはなかったが、気が急《せ》いていたのだろう。危ない橋を渡ってしまった。

キイチは丁字路の先に消えた。左だ。左に曲がった。

ハルヒロはキイチを追いかけた。念のため、丁字路の手前で止まり、顔だけ出してそっと左右をうかがう。心臓が止まるかと思った。

右側。いる。ゴブだ。そう遠くない。五メートルほど先か。ランプのようなものを地べたに置き、しゃがんで何かやっている。こっちには気づいていない。というか、下を向いている。胴鎧《どうよろい》。兜《かぶと》。盾を背負い、槍《やり》をトンネル道の壁に立てかけている。武装している。巡回している警備兵ゴブか。

ハルヒロは顔を引っこめた。キイチは左に行った。あの警備兵ゴブには見つからなかった。まあ、あの様子なら、キイチが見とがめられることはないだろう。何かいると思わなければ、意外と見逃してしまうものだ。

もう一度、警備兵ゴブを確認する。まだしゃがんで何かやっている。小声で呟《つぶや》いているようだ。

後ろの扉からいつ建物内のゴブが出てこないとも限らない。

沈もう。

沈む。

――隠形《ステルス》。

ハルヒロは丁字路を左に進む。振り返らなくても、警備兵ゴブの動向はわかる。警備兵ゴブは依然としてしゃがんだままだ。

トンネル道は間もなく突き当たって右に曲がった。キイチの姿はない。警備兵ゴブが動きだしたようだ。足音がする。

ハルヒロはトンネル道をそのまま進む。また丁字路だ。左側からキイチがひょいと首を出し、すぐに道の先へと姿を消す。ハルヒロはキイチに続いた。道は右へカーブしながら下っている。なかなかの下り勾配だ。キイチに追いついた。かと思ったら、キイチは足を速める。この道の向こうは開けているようだ。

広い。

そうとうな広さだ。

天井も高い。

穴はあいていないようだ。それなのに、明るい。いや、実際には薄暗い、といった程度だろう。でも、かなり明るく感じる。

何か光るものが飛んでいる。一つや二つではない。たくさんだ。

あれはいったい何なのか。細い。蛇のような。蛇は飛ばない。虫だろうか。羽はないように見える。薄っぺらくて細い、そしてわずかに黄みがかった光を発する体をうねらせて、ゆっくりと飛行している。体長は個体差が大きいようだ。十センチから三十センチくらいか。かなり小さいものもいる。

生き物なのだろう。発光長虫《はっこうながむし》、とでも呼ぶべきか。虫なのかどうか、定かではないが。

とにかく、発光長虫のおかげで、はっきりとではないにせよここがどういう場所か、おおよそ把握できる。

おそらく、いと高き天上アァスバァシィンの地下前庭だ。何か彫像のようなものが並んでいて、その間は通り抜けられる。彫像はゴブリンを象《かたど》っているらしい。つまり、ゴブ像だ。等身大ではない。実寸の倍、いや、三倍以上あるだろう。ただのゴブ像ではない。登れるようになっている。そして、どのゴブ像にも、武装したゴブリンが配備されている。しゃちほこばって警備している、というふうではなく、あぐらをかいているようなゴブ像の膝の上に腰かけたり、肩の上に片膝を立てて座っていたりするが、一基のゴブ像につき一匹か二匹、ときには五匹以上の武装ゴブがいる。ゴブ像の数は、うじゃうじゃいる発光長虫ほどではないが、それでも数十基という単位ではなさそうだ。もっと多い。

キイチは地下前庭に足を踏み入れていない。もちろん、ハルヒロも同じだ。

いわゆる厳重な警備体制、というのとはちょっと違う気もするが、果たして通り抜けられるだろうか。

ゴブ像とゴブ像の間隔はまちまちだ。一メートルくらいのこともあれば、三メートルほど離れていることもある。ゴブ像とゴブ像の間を歩いている武装ゴブも散見される。

これが戦闘中など、武装ゴブたちの注意が何か別のものに向いているような状況なら、まだやりようがある。しかし、武装ゴブたちは曲がりなりにも警戒しているはずだ。

難しい、と判断せざるをえない。とりあえず現時点では。時間をかけても、付け入る隙を見いだせるかどうか。

あまり自信がない、というよりも、不可能だと考えたほうがいいだろう。

どれだけ用心して事を進めたところで、絶対、武装ゴブに見つかる。一匹に気づかれたら、何十匹、それ以上の武装ゴブが襲いかかってきて、包囲されるだろう。見たところ、弩《いしゆみ》を持っている武装ゴブもけっこう目につく。そこも考慮に入れないといけない。

「……やるしかないし」

ハルヒロはごくごく小声で呟き、屈《かが》んでキイチの頭を撫でた。

キイチはハルヒロを見上げた。

「頼むよ。みんなに」

キイチは本当にかすかな、ニャ、という声で答えた。

ハルヒロは三回、うなずく。手順は大丈夫だ。息を吸って、吐きながら、体をのばす。腰の鞘《さや》から短剣を抜いた。自分の短剣ではない。赤い剣身。ヒイロガネ。副王ボッゴのナイフだ。もう一度うなずいて、ヒイロガネのナイフを鞘に収める。

「行ってくる」

ハルヒロは地下前庭へと足を進めた。

気配を消すよりも、感覚を自分の外側に極限まで広げる。

自分がここにいるというよりも、そこにいる自分を見ている。なんだかまるで他人事《ひとごと》のようだ。

最初に、もっとも近くにあるゴブ像の左肩に腰かけていた武装ゴブがハルヒロに目をとめた。

武装ゴブは、そこに何かがいて、それは同族ではない、ということはすぐに理解したようだ。立ち上がりかけて、首をひねり、ウォウ、というような声をもらした。それから、おいおい、人間じゃないか、と思いあたったようで、ファウッ、といった叫び声を発し、弩を構えた。

こうなったらあとは連鎖的だ。そこらじゅうのゴブ像の上や周りで武装ゴブたちが色めき立つ。最初の武装ゴブが弩から矢を放った。撃ってくるとわかっていれば、弩はさして怖くない。飛んできた矢を身をよじって躱《かわ》す。逃げはしない。まだだ。じっくり待つ。

最初の武装ゴブがゴブ像から飛び降りようとする。

少し遠い位置のゴブ像の上から別の武装ゴブが弩を撃ってきた。これも前もって察知していたので、最小限の動作でよける。

最初の武装ゴブが地面に降り立った。その直前に、ハルヒロはゴブ像とゴブ像の間へと逃げこんだ。

四匹、いや、五匹の武装ゴブが行く手に立ちふさがる。弩を手にしている武装ゴブもいれば、槍の穂先をこちらに向けようとしている武装ゴブもいた。だが、武装ゴブたちはまだ泡を食っている。

ハルヒロは武装ゴブたちに突っこんだ。とっさに槍を突きだしてきた武装ゴブは一匹だけだ。踏みこんで槍の柄を引っつかみ、ひねる。武装ゴブは槍を奪われまいと踏んばった。ハルヒロは槍の柄をあっさり手放し、武装ゴブたちめがけてさらに突進する。一気にかき分けて、連中の後ろへ抜けた。

振り向きざまに、一匹、二匹と武装ゴブの背中を蹴ってつんのめらせる。他の武装ゴブたちが攻めかかってくる前に、ハルヒロは走りだす。

ゴブ像を利用して、武装ゴブに取り囲まれないようにしたい。でも、考えて動く余裕はなさそうだ。もうどこに行っても、どちらを向いても、武装ゴブがいる。ゴブ像の上から動かずに弩でハルヒロを狙っている気の利いた武装ゴブもいる。

何度、槍や矢が体をかすっただろう。とても数えてなんかいられない。

危ない、と感じる瞬間があっても、不思議と怖くはない。いちいち恐怖に駆られていたら、体が硬くなったりおかしなことをしたりして、ひどい手傷を負うか、突き殺されるか、射殺されるかしていただろう。

そうはいっても、よく生きているな、というのが本音だ。

自分がどこにいるのか、とうによくわからない。もはや、ハルヒロを中心とした半径一メートル以内に、武装ゴブが必ず一匹はいる。左腿《もも》、それから右上腕の槍に抉られた傷は浅くないようだ。かなり疼《うず》く。

だめかも、と思うより早く、ハルヒロはヒイロガネのナイフを腰から抜いた。

「モド・ボッゴ、ヒイロガネ！」

大声でわめきながら、ナイフを高々と掲げる。

武装ゴブが繰りだした槍を、躱すつもりだったのだが、左肩に強い衝撃を受けた。貫かれてはいない。でも、肩の上あたりを槍の穂先で削られた。

「ヒイロガネ！」

ハルヒロは声を張り上げ、槍を両腕で抱えこむようにして力任せに押し下げる。槍を持っている武装ゴブは、柄から手を放しはしなかったが、勢いに負けて膝をついた。

「モド・ボッゴ！　ヒイロガネ！」

ハルヒロはその武装ゴブの顎を蹴り上げ、ナイフを振り回す。

武装ゴブたちがどよめいている。攻撃してこない。一歩、二歩と下がる。

「ヒイロガネ！　モド・ボッゴ！　ヒイロガネ！」

武装ゴブたちが、ヒイロガネ、ヒイロガネ、と口々に言う。少なくない数の武装ゴブが何かを探すようにきょろきょろしている。明らかに彼らは戸惑っている。どうしたらいいのか。自分たちでは決められない。誰かの判断を仰ぎたい。たぶんそういう反応だ。

十メートルくらい離れたところにあるゴブ像の頭上に、キイチがいる。もちろんこっちを見ている。

目が合った。

——ような気がする。

キイチがハッとしたように別のほうに顔を向けた。どこに視線を移したのか。おそらくハルヒロのすぐ近くにあるゴブ像の上だ。その直後だった。

何かが飛んでくる。それはわかった。

躱そう。そう思ったとき、首に何かがぶつかった。というよりも、細いものが首に絡んで、巻きついた。

やばっ。

死ぬ？

「ぐぇっ——」

首が絞まる。引っぱられる。引っぱり上げられる、と言ったほうが正確か。ハルヒロは身悶《みもだ》える。首に巻きついているものを左手で探った。硬い。金属なのか。首輪みたいな。見ると、赤い。赤い金属。ヒイロガネか。振り仰ぐ。すぐ近くのゴブ像の上に、いる。ゴブリンが。顔に大きな傷跡がある。キイチが視線を向けた。あいつか。やはり赤い、ヒイロガネ製とおぼしき器具のようなものを持っている。その器具からのびている縄か鎖が、この首輪に。ハルヒロの首を絞めている物体に、繋《つな》がっている。

「スンギャッ」

傷跡ゴブリンが縄だか鎖だかを引く。ハルヒロは意識が飛びそうになる。ボッゴのナイフを取り落とさないだけでやっとだ。

キイチ。

もういない。

さっきの場所には。

急に縄が緩んで、ハルヒロは膝をついてしまった。

また引っぱられる。

「ぉぶっ……――」

失敗、したかも。

ごめん、みんな――……。

13．痛みを捧げて僕は祈る

——……音が。

何の音、だろう。

痛い。

体のあちこちが。

どこも、かしこも。

「……うぅ」

声。

自分の？

「あぁ……」

また声を出してみた。

自分だ。

やっぱり。

自分の声らしい。

ということは。

「……いき……てる……のか……」

どこだ、ここは。

暗い。ほとんど真っ暗だ。ほとんど。完全じゃない。

それにしても、痛い。体中が痛む。それだけじゃない。痛いだけじゃ。

何だろう。

痺《しび》れている、のか。

どうなってるんだ、これ。

わからない。自分の体勢すら、はっきりとは。

立ってはいない。座ってもいない。ということは、寝ているのか。横になっている。仰《あお》向《む》けでも、うつ伏せでもなさそうだ。

たぶん体の左側を下にしている。それで、なのか。血流が阻害されて、そのせいで痺れている。左腕が、とくに。ちゃんとあるのかどうか。判然としないくらいだ。

動けるのだろうか。動いてみるしかないか。

そうだ。動かしてみよう。

「……ん……んぅ……」

右腕は、なんとか動く。でも、少し力を入れただけでかなり痛いから、正直、動かしたくはない。

このままじっとしていたい。

「……だめ、だ……」

そういうわけにはいかない。

一つ一つだ。

手の指、手首、肘、肩。動くことは動く。下になっていない右腕は。ただ、縛られているのか。おそらく、手首だ。後ろ手に、紐《ひも》か何かで、左右の手首を結び合わされている。

「……足、も……？」

どうやら、足首も同じく緊縛されているらしい。

ずっと左側を下にしたままでいるのは、よくない、ような。すでに、痺れて感覚がない。左腕だけじゃなく、左脚も。

仰向けになろうとする。体を右側に倒すだけでいい。たったそれだけのことが、なかなかできない。

「……やっ……と、か……」

だいぶ苦労して仰向けになった。手首を縛られている両手が体の下敷きになっているので、これはこれでつらい。痺れが収まってきて、そのぶん痛みを強く感じるようになった。痺れと痛み。どちらがましか。どちらもつらい。

「……きっつ……」

まあ、贅沢《ぜいたく》は言えない。生きているのだ。

不幸中の幸い、というか。

死ぬ、と思った。

少なくとも、死んでいてもおかしくない。そういう状況だった。じつは死んでいるんじゃないかと、まだ半分くらい疑っている。死んだらこんなふうに考えることもできないはずだから、やはり生きているのだろう。

ここはどこなのか。天井がある。左、それから、仰向けなので頭上と、足先の方向には壁があるようだ。右側は一部が格子状になっていて、その向こうを例の発光長虫《はっこうながむし》がふらふら飛んでいる。

一匹の発光長虫が格子の隙間から入りこんできた。ゆったりと天井近くを旋回する。

牢屋《ろうや》のような場所なのか。そうかもしれない。独房的な。

「……や……っぱい、な……」

履いていたはずの靴がない。裸足《はだし》だ。靴だけではない。服も着ていない。身につけているのは下着、つまりパンツだけだ。

持ち物がすべて奪われるのは想定内というか、そうなったときのために準備をしていた。衣服の各所、それから靴底に、薄い剃刀《かみそり》を仕込んでおいたのだ。見破られたのか。単に身ぐるみ剝がれただけなのか。いずれにせよ、前もって考えていた中では最悪の次の次くらいに悪い状況だ。

最悪はむろん、死ぬ。ゴブリンに殺される。これはなんとか回避できたらしい。今のところは、だが。

最悪の次は、殺されはしないまでも、半死半生の目に遭って、意識があるだけで何もできなくなってしまう。どうやら、そこまでではない。

最悪の次の次は、捕らえられて自由を奪われ、利用できるものが何もない。つまり、まさしく今の自分だ。

ここはどこなのか。アァスバァシィンの中か。外だったらどうしよう。それは困る。アァスバァシィン内部だと確かめる方法はないだろうか。発光長虫。発光長虫を初めて見たのはアァスバァシィンの地下前庭だ。ここにも発光長虫がいる。この独房はアァスバァシィンの中にある。そう思いたいが、希望的観測の域を出ない。

まだ動くべきではない。待たないと。待つ？　何を？

何はともあれ、アァスバァシィンに入りこむことができた。そう確信できるまで待つ。待てば確証がえられるのか。待ったあげく、拷問されるなり何なりされて、殺されるかもしれない。いや、殺すつもりなら、もうやっているだろう。そう考えることもできる。相手が人間なら、まあ十中八九そうだろう。

でも、ゴブリンだ。ゴブリンの考えは読めない。新市街で人間を捕まえたら、殺す前に何か特別の処置をする、といったような決まりがあるのかもしれないわけだし。

現時点ではまだ、痛い、痛くてしょうがないけれども、どうにか持ちこたえられている。だが、悪化するかもしれない。血が足りなくなったり、傷が化膿《かのう》したりして、人事不省に陥るかもしれない。そのまま死んでしまうかもしれない。

右上腕と左腿《もも》、そして左肩の槍傷《やりきず》はやはり浅くない。首もだいぶ痛い。あの傷跡ゴブリンの変な器具でやられたところだ。他には顔面が気になる。おそらく、ここまで運ばれる間に引きずられるか何かして、かなり擦りむいたり打ったりしたのではないか。鼻血が出ているのか、出ていて、今は止まっているのか。とにかく鼻がほぼ完全に詰まっている。口呼吸しかできない。

腹や背中も、他の部分の痛みがなければそうとう苦しいだろうと思える程度には痛い。痛みが痛みを相殺している。いや、打ち消し合ってくれたらいいのだが、どの痛みが深刻なのか判断がつかないだけで、痛いことは痛い。

待てない、――かも。

悠長に構えるのはそもそも不可能だが、痛みをこらえにこらえた末に死んでしまうのでは、あまりに情けない。まだ余力がある、とは言えないが、動けるうちに動いたほうがよさそうだ。というよりも、それ以外に選択肢がない。

できれば一番やりたくなかった方法に頼ることになる。しょうがない。もうやると決めた。実行するだけだ。

仰向けのままでは無理なので、体の左側をふたたび下にする。手首を縛られていて厄介だが、どうにか右手で右の脇腹を探れる姿勢が見つかった。

楽ではない。下にしている左肩がとりわけきつい。息が乱れる。痛い。なぜこんなに痛い。のか。ふざけるな。もう嫌だ。やめたい。泣きたくもなるよ。泣かないけど。わからない泣いているかもしれない。泣くのはいい。誰も見ていないし。やらないと。

両手の指の爪は短く切らず、研いである。

やりたくなかった。できたら、これは。まあ、やるけど。

右手の人差し指で脇腹の皮膚を引っ掻《か》く。強く。思いきり、強く。

だめか。これじゃだめだ。このやり方じゃ。

人差し指の先と、親指の先で、皮膚を挟む。つねって、もっとねじる。

「……んっ……ぐ、ぐ、ぐ、んんっ……」

力を緩めたくなる。むろん、緩めたりしない。

皮膚が破れた。

「――いってぇ……」

今、右脇腹の皮膚に穴があいた。人差し指が入るくらいの大きさだと思う。いや、入りきらないか。入らないなら、広げればいい。簡単に言ってくれるよ。誰も言っていないけど。無理やり穴を広げて、人差し指を突き入れる。皮膚の奥へ。

ああ、やだ、やだ、やだ。嫌だ、これ。本当に、嫌だ。やりたくないんだよ、おれだってこんなこと。

でも、見つけた。

あった。

遺物《レリック》。

ヒヨが埋めこんだ、蕾《つぼみ》のような形をしている物体だ。

あるのはわかっていたのだが。あったから何だというのか。ぜんぜん喜べない。これから この遺物《レリック》を取り出さないといけないのだ。人差し指だけだとつまめない。親指も入れないと。この上また痛い思いをしないといけないのか。そうだ。やるしかない。

「……っっっっっっっっっっ……つぅっ……くぅぅぅっっっっっ……」

入った。入ったし、遺物《レリック》をつまむことができた。あとは引っぱり出すだけだ。難しくない。簡単だ。

「アァァァァァァゴオォォォォォォォォォォォォォォォォォォォ……！」

といったような声が響き渡ったのはそのときだった。

何だ。ゴブリン？

たぶん、そうだ。ゴブリンの声だった。

それから、音。音がする。足音か。近づいてくる。

まずい。どうしよう。遺物《レリック》。あと少しだ。取り出すだけなのに。取り出していいのか。どうなのか。入れておいたほうが？　でも、血が出ているし。他にも傷を負っている。もともと血まみれだし、バレないか。

足音がもうだいぶ近い。壁か格子を硬い物で叩《たた》きながら迫ってくる。

「……や、もう……わっかんねーって……！」

遺物《レリック》を取り出して右手で握り締め、格子のほうに体を向ける。痛い。痛いよ。脇腹が。新しい傷だからだ。きっと新鮮な傷だから、余計に痛く感じるだけだ。

格子を赤い棒のようなもので叩きながら、やつがやってきた。

傷跡ゴブリンだ。

何匹か他のゴブリンを引き連れている。四匹か。五匹か。

傷跡ゴブリンが手に持っているのはあの器具らしい。棒の先についている環状のパーツを分離させて投擲《とうてき》し、標的の首なり何なりをつかまえるのか。投げ縄のように使える道具なのだろう。

傷跡ゴブリンが後続のゴブリンに何か指示した。

一匹のゴブリンが進みでてきて、格子をさわる。その部分が扉になっているようだ。解錠し、扉を開けようとしているらしい。

最後尾のゴブリンに目がとまった。というか、ゴブリン、——なのだろうか。

他のゴブリンと比べて、肌の色がずいぶん薄い。少なくとも、発光長虫が放つ光の中では、白っぽく見える。人間からすると、ゴブリンは全般的に上体が前傾していて、首が前方にのびている。でも、そのゴブリンは違う。すっと背筋をのばしている。背は他のゴブリンと同じくらいだ。薄っぺらいというか、貧弱な体格で、これもゴブリンらしくなく、ゆったりした黒っぽい衣を着ている。

扉が開いて、傷跡ゴブリンが中に入ってこようとしている。

あの白っぽいゴブリン、ひょっとして、ウゴス。賢者なんじゃないのか。

傷跡ゴブリンが歩みよってくる。頭を踏まれた。

「イェーヒェッヒェッヒェッ！」

こいつ。

腹が立たないと言ったら嘘《うそ》になるが、それよりウゴスとおぼしきゴブリンが気になる。

傷跡ゴブリン以外は独房に入ってこようとしない。

「おい……！」

ハルヒロはありったけの声で叫んだ。ウゴスがこっちを見る。ヒヨが嘘をついていなければ、ウゴスは人間の言葉がわかるはずだ。さらに呼びかけようとしたら、傷跡ゴブリンがハルヒロの頭を踏んづけていた足を上げ、その足を振りかぶって、え？　何？　何するつもり？　蹴る？　蹴っちゃう？

「──あがっ……」

これは、効いた。一瞬、気が遠くなった。遺物《レリック》は？　大丈夫だ。握っている。かろうじて手の中にある。

遺物《レリック》を握りなおした途端、もう一度、傷跡ゴブリンに蹴られた。今度は顎だった。とっさに歯を食いしばらなかったら、舌を噛《か》んでいたかもしれない。

朦朧《もうろう》とする。落とさないようにしないと。なんとしても、遺物《レリック》を。しっかり握り締めておかないと。遺物《レリック》を取り落としてしまったら終わりだ。

「にっ、げんっ、のっ……」

ウゴスは人間の言葉がわかるはずだ。話を聞いて欲しい。

「ダァーグッ！」

傷跡ゴブリンが例の器具をハルヒロに突きつけた。環状のパーツが開いて、ハルヒロの首に巻きつくようにして閉まる。息が詰まった。苦しい。

「人間の、言葉、がぁっ──」

引っぱられる。

傷跡ゴブリンはハルヒロを引きずってゆこうとしている。

無理だ。しゃべれない。がぁ、とか、ごぉ、とか、そんな声しか出せない。使うか。

今、ここで、遺物《レリック》を。

傷跡ゴブリンは強引だ。それに、力持ちだ。ハルヒロは両手両足を緊縛されている。歩けない。後ろ手に縛られているから、四《よ》つん這《ば》いになることさえできない。傷跡ゴブリンはそんなハルヒロをどんどん引きずってゆく。やばい。ウゴスもへったくれもない。息が。また気を失うんじゃ。それどころか、死ぬんじゃないか。

独房を出ても、傷跡ゴブリンは止まらない。まだハルヒロを引きずる。どこまで引きずってゆくつもりなのだろう。

こうなったら、遺物《レリック》を。

いや。――待て。

傷跡ゴブリンはハルヒロをどこかに連れてゆこうとしている。ウゴスを伴ってきた。ウゴスはモガドに仕えているはずだ。ヒヨが嘘をついていなければ。ということは？

「うぁごっ、がぁっ、ぐっ……」

苦しいって。息ができないんだって。窒息しちゃうって。死体になっちゃうって。

傷跡ゴブリンはハルヒロを引きずりつづける。わざわざどこかへ連行しようとしている。あえて、殺さずに。

そうだ。たしかに苦しいし、痛いが、ハルヒロはまだ死んでいない。地下前庭ではあっさり落ちてしまった。わざとなのではないか。傷跡ゴブリンは、何らかの方法で加減している。意図的に気絶させないようにして、ハルヒロを引きずっているのかもしれない。

ハルヒロはどこへ連れていかれようとしているのか。

モガドのところなのではないか。もしそうだとしたら。

「ぬぐっ、おぁっ、ずぁっ、あぁぐっ……」

うるさい。自分の声が。勝手に出てしまうのだ。どうにもならない。苦しい。本当に手加減しているのか。そんなこと、ないんじゃ？　やっぱりただ力任せに引きずっているだけなんじゃないのか。死んでしまったら死んでしまったで、そのときはそのとき、くらいの感覚なんじゃ？

どっちにしても、この扱いはひどい。なんてやり口だ。野蛮にも程がある。所詮、ゴブリンなんだ。期待した自分が間違いだった。何を期待していたというのか。期待なんかしていない。苦しい。息が。まるで溺れているみたいだ。溺れながら引きずられている。もう無理。絶対、無理。本当に無理だって。

限界はたぶんとっくに超えている。心の中で弱音を吐くことによって、どうにか意識を保っている。あとは罵ったりとか。恨んだりとか。呪ったりとか。なんで自分がこんな目に遭わないといけないのか。そんなに悪いことをしただろうか。こんな罰を受けるに値するようなことを。

ああ、でも、ゴブリン、殺したよな。

記憶を失う前も、そうとう殺したみたいなんだよな。

文句を言う資格はないのかも。これがゴブリンの復讐《ふくしゅう》なのだとしたら、それなりに正当性があるのかもしれない。

あきらめてしまいたくなった。

精神論ではなく、実際問題、こういうときは気持ちが切れたらそこで終わりだ。どんなにみっともなくても、生きることにしがみつく。その気持ちがなければ耐えようがない。

無駄だ。何の意味もない。耐えるなんてもうやめよう。

楽になりたい。

どうせなら、早く。

少しでも早く。

いっそ、死なせてくれないかな。

瀬戸際だった。死なせてほしい。自分では死ねない、どうやらまだ死なないようだから、息の根を止めてくれ。そんな消極的な自殺願望からあと一歩踏みだせば、あるいは踏み外したら、生存をすっかり放棄してしまう。ぎりぎりのところで、踏み止《とど》まっているのか、いないのか。いや、踏み止まってはいたのだろう。ハルヒロは遺物《レリック》を手放していなかった。それが証拠だ。

だしぬけに、引きずるのではなく前方に投げだされて、ハルヒロは横向きにぐるぐる転がった。その直前か、同時か、直後なのか、定かではないが、首輪が外れた。

喉は痛いが、呼吸が楽になった。息を吸ったり吐いたりすると激しく痛む。それでも空気を好きなだけ取りこめる。咳《せ》きこんで、嘔吐《おうと》しそうなほど苦しくても、すごい勢いで全身に酸素が回っている。そう感じられる。

涙やら血やら唾液やら何やら、いろいろなもので顔中がぐちゃぐちゃになっていて、何がなんだか。よく見えないし、匂いだって感じない。どこもかしこも痛くて、わけがわからない。

「ヘァッ！　モガド！　グァガジン！」

傷跡ゴブリンの声だ。モガド。グァガジン。

ゴブリンの王《モガド》。モガド・グァガジン。

もしかして、ここは王の間のような場所なのか。

「モガド！」

「グァガジン！」

「モガド、グァガジン！」

「ヘァッ！　モガド！　ヘァッ！」

「モガドッ！　グァガジンッ！」

ゴブリンたちが連呼する。これはもう間違いない。

ハルヒロは何度もまばたきをする。このぼやけた視界をなんとかしたい。

ちょっとずつだが、見えるようになってきた。ゴブリンだ。

ゴブリンが大勢いる。

そうとうな数のゴブリンが、ハルヒロと傷跡ゴブリンを十重二十重に取り囲んでいる。

けっこう明るい。発光長虫《はっこうながむし》か。違う。上のほうから光が射《さ》しこんでいる。これは日光なのではないか。天窓があるらしい。今は昼間なのか。そのようだ。

モガド・グァガジンはどこにいるのか。

いた。

ここから十メートルくらいは離れているだろう。櫓《やぐら》みたいなものが組まれている。金ぴかだ。その上に、——人間？　なのか？　いや、そんなわけがない。けれども、身分の高い人間のように、赤や青、白の衣類で着飾ったゴブリンがいる。手には赤い錫杖《しゃくじょう》。頭には、王冠。きっとあれがモガドだ。ゴブリンの王《モガド》。

モガド・グァガジン。

金ぴか櫓の下には、黒い衣をまとった白っぽいゴブリン、ウゴスが、一匹ではない、ぜんぶで何匹だろう。四匹か。ウゴスが四匹いる。

「ヘァッ！　モガド！　グァガジン！」

「モガド、モガド！」

「グァガジン！　ヘァッ！　モガド、グァガジン！」

ゴブリンたちの喚声はとどまるところを知らない。声に合わせて足を踏み鳴らすゴブリンもいれば、自分の胸を叩《たた》くゴブリンもいる。ゴブリンたちは興奮している。ハルヒロの近くにいる傷跡ゴブリンも、例の器具を振り上げながら繰り返し主君の名を呼んでいる。四匹のウゴスたちは静かに突っ立っている。金ぴか櫓の上にいるモガド・グァガジンも、椅子か何かに腰かけたまま微動だにしない。まるで置物のようだ。あれは生きたゴブリンなのか。ゴブリンの王《モガド》に似せてつくった模型なのではないか。違う。

本物だ。

モガド・グァガジンが、ヒイロガネ製の赤い錫杖を差し上げた。

途端にゴブリンたちの声が、連中が立てる音が、いっそうやかましくなった。

待つべきか。まだ待ったほうが？　今じゃない？

ぐずぐずするな。

慌てるな。

どちらも正しいような気がする。もしくは、いずれも間違っている。

そんな気がするだけだ。理屈はない。これだけは認めるしかないだろう。

頭が働いていない。だめだ。ちゃんと物を考えられない。

ハルヒロは蕾《つぼみ》のような形をした遺物《レリック》の底の部分を押しこんだ。かなり強い力を加えないと、押しこめない。だから、渾身《こんしん》の力をこめた。

うまくいってくれ。どうか。お願いだから。この期に及んで、祈るしかないなんて。

遺物《レリック》が震動しはじめた。作動してくれたらしい。ハルヒロは遺物《レリック》をそのへんに放った。後ろ手に縛られているので見えないし、うるさくて床に落ちた音も聞こえない。大丈夫だよな。作動したんだよな。

トゥォンッッッッッッッッッッッッッ、――というような大きな音がして、傷跡ゴブリンや他のゴブリンたちが仰天し、ヒッと息をのんだり、ギャッと跳び退《の》いたりした。

ハルヒロは首をひねって後ろを見た。何が起こるのかは聞いていたが、遺物《レリック》を作動させて実演したわけではないから、ちょっと啞然《あぜん》としてしまった。試しに作動させてみるわけにはいかなかったのだ。あの遺物《レリック》は二つ一組で、一回こっきりの代物らしい。片方を作動させると、もう片方も作動する。

摩訶不思議《まかふしぎ》としか言いようがない眺めだ。ちょうど片開きの扉くらいの大きさだろうか。空間に長方形の穴があいている。その穴の向こうはどこか別の場所なのだ。というか、穴は旧市街の廃墟《はいきょ》の中へと通じている。

遺物《レリック》の片方はハルヒロの右脇腹に埋めこんであった。

もう片方はヒヨが持っていた。

ゴブリンに見つからず、捕まらずにアァスバァシィン内部に侵入できれば一番いい。ハルヒロもそれを目指していたが、果たせなかった。

次善の策としては、行けるところまで行って、遺物《レリック》を使う。それか、捕虜になってしまった段階で、遺物《レリック》を使う。

キイチはハルヒロが捕らえられたことを仲間に報《しら》せてくれたはずだ。仲間たちは今か今かと待ち構えていたことだろう。

最初にこちら側へと飛びこんできたのはクザクだった。

「うおおおおっしゃらあああぁぁぁ……！」

クザクは馬鹿みたいな大声を出して傷跡ゴブリンを蹴っ飛ばすと、大刀をぶんぶん振り回してゴブリンたちを威嚇し、下がらせた。

「どけこらぁっ！　あぁぁ!?　死にたいのかよ、くぉらあああぁぁぁぁぁっ……!?」

おまえはどこのチンピラだよ。

ツッコミを入れたくなった。クザクの姿を目にしてほっとしている。そんな自分がちょっと恥ずかしい。ほっとしている場合でもないし。

「ハル……！」

次はメリイと、それからセトラとキイチがほぼ同時くらいだった。

メリイはきっとあらかじめいくつかのケースを想定して、どの場合にはどうするか決めていたのだろう。目を瞠《みは》ってハルヒロを見ると、すぐさま六芒《ろくぼう》を示す仕種《しぐさ》をした。

「光よ、ルミアリスの加護のもとに、……光の奇跡《サクラメント》！」

ああ、この光は本当に奇跡だ。正直、ハルヒロは瀕死《ひんし》だった。長くは保《も》たなかっただろう。半分死んでいたようなものだ。死んでしまったほうがよっぽど楽だと思わずにいられないような痛みが、絶望的な苦しさが、みるみるうちに薄らいでゆくというより、あっという間に消えてしまった。

キイチが小さな刃物を器用に操って、ハルヒロの両手首、両足首を縛っている縄か何かを切ってくれた。

セトラは槍《やり》をぶん回し、まだ近くにいたゴブリンを一撃した。腰に帯びていた短剣を投げてよこす。

「ハルヒロ!」

「ああ!」

パンツ一丁なのは多少気になるが、そんなことは言っていられない。ハルヒロは短剣を受けとって起き上がり、モガド・グァガジンの様子をうかがった。やつはまだ金ぴか櫓の上だ。動いていない。ウゴスも同じだ。

ニールが、そしてヒヨがこちら側に躍りこんだ直後、遺物《レリック》によって生みだされた空間と空間を繋《つな》ぐ穴が、シキュンッッッ、――という異音を残して、跡形もなく消え失《う》せた。

後戻りはできない。

この策を考えたヒヨにとっても、これは乾坤一擲《けんこんいってき》の大勝負だ。

「聞け、賢きウゴスよ！」

それにしても、あのヒヨがこんなにも凜《りん》とした大声を出せるとは。

「偉大にして英明なるモガド・グァガジン陛下に、謹んで申しあげる！」

珍妙な出《い》で立《た》ちは相変わらずだが、ゴブリンにしてみれば数いる人間のうちの一人で、とくに異様とも感じないだろう。ヒヨは臆することなく進みでて、両腕を広げ、胸を張り、モガド・グァガジンを見上げている。

ゴブリンたちは、何だ、何事だ、これはどうしたことだ、あの人間の女は何なのだと、ヒヨを注視している。四匹のウゴスはまるで作り物みたいでよくわからないが、やはりヒヨに視線を向け、その言葉に耳を傾けているようだ。

「たいしたヒーローだよな」

ニールがぼそっと呟《つぶや》いた。ハルヒロのことを言っているのだろうが、悪意があるとしか思えない。

「賢きウゴスよ！　どうか！　何とぞ、モガド・グァガジン陛下に我々の意思をお伝え願いたい！」

ヒヨはさらに声を張り上げる。それだけではない。一歩、二歩と前に出る。

「我々はこれ以上、あなたがたゴブリン族と戦うことを望まない！　我々はゴブリン族との和平を望んでいます！」

モガド・グァガジンはヒヨから目を離さずに、おそらく金ぴか櫓の下にいるウゴスたちに向かって、

「ラァッ、ダッシャッ！」

みたいなことを言った。なんとなくだが、あの人間は何を話しておるのだ、といったところだろうか。

一匹のウゴスがモガド・グァガジンを仰ぎ見て口を動かしはじめた。ゴブリンたちがざわついているせいで、聞きとれない。モガド・グァガジンもウゴスの声が聞こえないようで、錫杖の石突きを金ぴか櫓の床に打ちつけて何か怒鳴った。静まれ、と叱りつけたのだろう。ゴブリンたちは一斉に口をつぐんだ。

ハルヒロはゴブリンたちの間を縫って進み、すでに金ぴか櫓に肉薄していた。隠形《ステルス》しているので、誰もハルヒロに気づいていない。

ゴブリンたちは金ぴか櫓の前方に群がってヒヨやクザクたちを取り囲んでいる。四匹いるウゴスの立ち位置は金ぴか櫓の四隅だ。

金ぴか櫓と壁の間には五、六メートルほどの空間がある。ハルヒロはそこまで行った。おそらく、モガド・グァガジンが昇り降りするためのものなのだろう。段梯子《だんばしご》が設《しつら》えられている。

モガド・グァガジンとウゴスは、まだ何やら問答を交わしている。

ハルヒロは段梯子を上ってゆく。

金ぴか櫓はなかなか立派なもので、骨組みからして金属のようだ。金がふんだんに用いられた装飾も、豪華《ごうか》絢爛《けんらん》とまでは言わないまでも、全体に力感みなぎる紋様が浮き彫りされ、入念に造形されたものだとわかる。

ハルヒロは金ぴか櫓のてっぺんに上った。

目の前にモガド・グァガジンがいる。座椅子のようなものが作りつけられているが、今はそれを半分またぐようにして立っている。やはりゴブリンにしては際立って大柄だ。ヒイロガネ製の王冠を差し引いても、百五十センチをゆうに超えている。おかげで、姿勢を低くしているハルヒロがすっぽり隠れてしまう。

金ぴか櫓の上から見下ろすと、この部屋の広さとゴブリンの多さが実感できた。モガド・グァガジンの謁見の間のような場所なのだろうこの広間は、四角くはない、丸みを帯びた形状で、差し渡し三十メートル以上あるのではないか。天井もけっこう高い。五メートルか、六メートルくらいか。楕円形《だえんけい》の天窓は数えきれない。それらの天窓には硝子《ガラス》が嵌《は》めこまれているようだ。

広間に集ったゴブリンは千匹を下らない。その倍はいるかもしれない。

金ぴか櫓の近くには、ヒイロガネ製の武具を持ったゴブリンたちがいる。バルバラ先生が、百傑、と名づけたモガド・グァガジンの側近だ。

これだけ大勢のゴブリンに囲まれていると、ヒヨやクザクたちはあまりにもちっぽけで、どうにも心許《こころもと》ない。モガド・グァガジンが号令をかければ、ゴブリンたちは一斉に人間どもに襲いかかるだろう。人間側がどれだけ善戦しても、百匹かそこらのゴブリンを道連れにするのがやっとだ。たとえ二百匹、三百匹のゴブリンを殺したとしても、この広間から脱出することはできそうにない。

まさしくここは、ハルヒロたちにとって死地だ。

とてもではないが、ヒヨの弁舌にすべてを託すわけにはいかない。

「モガド・グァガジン！」

ヒヨが腰の鞄《かばん》から一振りの剣を取り出した。あの鞄にはとうてい収まるはずのない長さだ。そんなことより、ゴブリンたちにとってはその剣がヒイロガネ製だということのほうがずっと重要かもしれない。

「陛下の片腕、副王モド・ボッゴの剣を持参しました！　我々は他にも多数のヒイロガネの武具を回収してお預かりしています！　友好の証《あかし》として、我々はそれらを陛下にお返しするでしょう！」

「ダッシャァァッ！」

モガド・グァガジンが叫んだ。

ウゴスが何か言っている。

ハルヒロはいつでもモガド・グァガジンに組みつける。命を奪うことさえできるだろう。でも、それは最終手段だ。

「モガド・グァガジン、偉大なる陛下と賢きウゴスはご存じでしょう、我々とゴブリン族は過去、密約を結び、共存共栄の道を選びました！」

ヒヨの言葉をウゴスが通訳してモガド・グァガジンに伝えている。

「かつての約束は有名無実化して久しいとはいえ、我々はゴブリン族が協力しあえる相手だと確信しています！　我々と手を結ぶことによって、ゴブリン族も必ずや大きな利益をえるに違いなく――」

モガド・グァガジンが錫杖《しやくじよう》の先をヒヨに向けた。黙れ、ということだろう。ヒヨもそう受けとったようで、口をつぐんだ。

ウゴスがモガド・グァガジンにヒヨの主張を訳して聞かせる。モガド・グァガジンは一度、二度、うなずく。通訳が追いついていなかったのか。それでモガド・グァガジンは途中でヒヨを黙らせたのだろうか。果たして、それだけなのか。

ウゴスは訳し終えたようだ。

モガド・グァガジンは錫杖の石突きを金ぴか櫓《やぐら》に叩《たた》きつける。

空気が悪い。

そう感じたときにはもう、ハルヒロは動きだしていた。

モガド・グァガジンは、ゴブリンたちに何か命じようとしたのだと思う。その人間たちを皆殺しにしろ、といった命令を下そうとしたのではないか。止めなければならない。他に方法はない。

「ケァッ――」

何か叫ぼうとしたモガド・グァガジンが振り向きかけたので、ハルヒロは少なからず驚いた。気づかれた？

ハルヒロに気づいたのか。ゴブリンの王《モガド》。ただものじゃない。

ぎょっとしたせいで、雑というか乱暴になってしまったが、ハルヒロはモガド・グァガジンにとりついて喉頸《のどくび》に短剣の刃を突きつけた。ゴブリンとしては大柄でも、ハルヒロよりは体が小さい。力は強そうだが、少しでも抵抗したらハルヒロはためらわずに手を下す。ここでモガド・グァガジンを殺したらどうなるのか。そこまで考えを巡らせることができないのは残念だが、やむをえない。こうするしかないのだ。

「フゥン……フゥヌッ……ヌゥゥムッ……」

モガド・グァガジンはかなり口惜しそうだ。鼻息荒く、歯をガチガチ嚙《か》み鳴らし、ものすごい形相でハルヒロを睨《にら》みつけている。

広間のゴブリンたちは完全に静まり返っている。身じろぎ一つでもしたら、自分たちの主君が命を絶たれるとでも思っているかのようだ。

「ヨ、ヨセ！　ヤメロ！」

金ぴか櫓の下でウゴスがわめいた。

「最後までおれたちの話を聞いて欲しい。グァガジンにそう伝えろ」

ハルヒロが言うと、ウゴスが通訳しはじめた。

モガド・グァガジンは歯噛《はが》みするだけで答えない。

五分五分かな、とハルヒロは思っている。決して冷静ではない。それなりに動悸《どうき》がしているし、足が少し浮いているようなおぼつかない感覚もある。ともすると手が震えそうで怖い。まあ五分五分かな、と考えることで、なんとか平静を装おうとしている。

モガド・グァガジンは、いいからやれ、とゴブリンたちをけしかけるかもしれない。その場合、ハルヒロは短剣で素早くモガド・グァガジンの息の根を止める。どさくさに紛れて、誰か一人でも生還できたら御の字だろう。

もしくは、交渉のテーブルについてくれるかもしれない。それか、交渉のテーブルにつくと見せかけて、危機を脱しようとする。

どこが五分五分なんだか。

「オルタナを！」

ヒヨも必死なのだ。声音も、表情も、見たことがないほど切迫している。あれが演技だとはさすがに思えない。

「モガド・グァガジンよ！　我々はゴブリン族に、あらためてオルタナを引き渡す用意があります！」

思わずハルヒロは、えっ、ともらしてしまいそうになった。内心では大いに慌てている。押し隠すのが大変だった。

オルタナを、――って。

何、それ。

聞いてないんだけど。

14・信じる者を救うもの

結論から言うと、モガド・グァガジンはヒヨの、というかジン・モーギス将軍からの提案に興味を示した。

その後の出来事を振り返るのはしばらく時間が経《た》ってからにしたい。とにかく非常に神経質にならないといけない、一瞬も気が抜けない紆余《うよ》曲折《きょくせつ》があって、ハルヒロたちはなんとかダムローを出ることができた。

ちなみに、ハルヒロの所持品は返却されたが、とくに衣服はずたぼろのうえ血まみれで、本当にひどい有様だった。ゴブリンから衣服を借りるわけにも、裸でいるわけにもいかないので、着るしかなかったのだが。

日没前にオルタナに帰りつくと、将軍が祝宴と称して晩餐会《ばんさんかい》を開いてくれた。といっても、例の食堂に集められ、他の将兵よりはましな料理を食べるだけの、宴とはとても言えないような夕餉《ゆうげ》だ。酒も用意されていたが、口をつける気にもなれない。ヒヨがぺちゃくちゃしゃべり、それに将軍が鷹揚《おうよう》に応じる以外、会話らしい会話もない。

ハルヒロたちはひとまず役目を終えた。ということは、毒殺を警戒するべきなのではないか。ハルヒロがそう思い至ったのは、それでも食事が半分くらい進んだころだった。なんて迂闊《うかつ》なのか。ハルヒロが愕然《がくぜん》としていると、見すかしたようにセトラが、

「大丈夫だ」

と言ってくれた。疲労やら何やらで用心を怠っていたハルヒロと違って、セトラはちゃんと注意を払っていたらしい。見れば、キイチもセトラの足許《あしもと》で主に分けてもらったものを食べている。うっかり毒を盛られるほど、キイチは間抜けではない。

まだハルヒロたちには利用価値がある。将軍はそう見なしている、ということか。

どうやら、ゴブリンとの同盟が成立してしまってもおかしくないような情勢だ。

これから将軍は、鹵獲《ろかく》したヒイロガネの武具をモガド・グァガジンに引き渡すことになる。この作業は近日中に行われるだろう。

同時に、将軍は遠征軍を解体し、辺境軍として再編する。軍としては看板を付け替えるだけだが、アラバキア王国から離脱し、新しい軍旗を用意して、将軍は辺境軍総帥を名乗る予定らしい。

そして、辺境軍総帥ジン・モーギスは、ゴブリン族の王《モガド》グァガジンと不戦の誓いを交わす。モーギス総帥はダムローまで出向き、モガド・グァガジンは新市街を出て、旧市街のしかるべき場所で対面するのだという。

誓いの内容はこうだ。

辺境軍はダムローとその周辺をゴブリンの領土と認め、これを侵さない。

また、辺境軍はオルタナとその周辺を領土とする。ゴブリンはこれを侵さない。

このあたりまではハルヒロたちも前もって聞いていた。知らなかったのは次の条件だ。

辺境軍は自由都市ヴェーレの獲得を目指す。ヴェーレを獲得した暁には、辺境軍はオルタナとその周辺をゴブリンに譲り渡す。それ以後、辺境軍はダムロー以南をゴブリンの土地と認め、これを侵さない。

ダムロー以南、ということは、オルタナを含むわけだが、その南には天竜山脈がある。天竜山脈の向こうにはアラバキア王国の本土が広がっている。ゴブリン族に天竜山脈を越えて本土を侵略する実力があるのか。さすがに無理だろう。しかし、その権利が彼らにはあると、ジン・モーギスは仄《ほの》めかしたのだ。

ウゴスの通訳を介してヒヨの説明を聞くごとに、モガド・グァガジンは上機嫌になっていった。ハルヒロの目には、ゴブリンの王《モガド》がはしゃいでいるようにさえ映った。

ゴブリンたちはたぶん、他の種族に強い劣等感を抱いている。きっと恐れてもいるのだろう。でも、自分たちだって捨てたものじゃない。そう思いたくなるのが人情だ。ゴブリンは人間ではないが、彼らなりの知性を持っているので、ハルヒロたち人間と同じように考えてもおかしくない。彼らにも文化があり、文明を築いている。王《モガド》がいて、社会があるのだ。侮られたら腹が立つに違いない。認められ、尊重されれば嬉《うれ》しいだろう。

かつて不死の王《ノーライフキング》は、ゴブリンを同盟者として対等に扱ったようだ。けれども、ひょっとすると、オークなど他の種族は必ずしもそうではなかったのかもしれない。

今回、オーク各氏族、不死族《アンデッド》の軍勢が南下すると、ゴブリンとコボルドはこれに呼応してオルタナを攻撃した。ゴブリンはオルタナを、コボルドはリバーサイド鉄骨要塞を手に入れたものの、オークや不死族《アンデッド》の大半はさっさと去ってしまった。

結局、オークや不死族《アンデッド》にすれば、ゴブリンやコボルドは都合のいいときだけ使う道具でしかないのかもしれない。

ゴブリン族の王《モガド》グァガジンもそう感じているのではないか。オークや不死族《アンデッド》は自分たちの仲間ではない。自分たちを下に見て、いいように利用する。味方ですらない。

ジン・モーギスはモガド・グァガジンをうまくおだてて取り入ることに、ひとまずは成功したようだ。あとは実際、会ってみて、どうなるか。明確な根拠はないのだが、辺境王になろうとしている男と、あのゴブリン族の王《モガド》とは、案外、通じあう部分があるのではないか。そんな気がしなくもない。

「ハルヒロ」

隣のクザクが長身を傾けて顔を寄せ、囁《ささや》いてきた。

「あのさ。そろそろほら、なんていうか、……シホルサンのこと」

「うん」

わかっている。クザクに言われるまでもない。ハルヒロとしても、ずっと切りだすタイミングを図っているのだ。

「何か？」

将軍が錆色《さびいろ》の目でハルヒロを見た。人間味を感じないというか、無機質というか。あの瞳で見すえられると、心がざわつく。苦手意識を持ってしまっているのだろうか。だとしたら、あまりよろしくない。

「……いいですか。話したいことが」

「かまわん」

将軍はナプキンで口の周りを拭い、右手を食卓の上に置き、その上に左手を重ねた。左手の人差し指に指輪が嵌《は》められている。あの青い石。花びらか三つ葉のような紋様が浮き上がっている。あれはきっと遺物《レリック》だ。どんな力を秘めているのか。

「何なりと話すがいい」

初対面のときから、ジン・モーギスはどこか超然としていて、怖いものなど何もないかのようだった。果たして、この男が心を動かすことはあるのか。目の前で親兄弟や友人が死んでも、きっと眉一つ動かさない。自分自身の身に危険が及んでも、まあ、さすがに多少は狼狽《ろうばい》するだろうが、そこまで慌てふためかないのではないか。そう思わせるように振る舞っているのかもしれない。めったなことでは揺らがないジン・モーギスという人物を演じているのだとしても、それはそれですごい。演技だとしても、ぼろを出さなければ本物と変わらないのだ。

所詮、演技なのだろうと、ハルヒロは思っていた。

こけおどしとまでは言わないが、将軍は虚勢を張っている。弱みを見せないようにしているのだろう。実際は上辺ほど余裕があるわけではない。

たとえば、将軍は歴戦の武人で、経験豊富な指揮官なのだろうし、人並み以上に剣も使えるに違いない。

でも、斬り合いならクザクだってそうとう強い。何しろ体格に恵まれているし、物怖《ものお》じしない。それでいて、力任せに大刀を振り回すだけでは決してない。器用というのとは違うかもしれないが、あれだけ一人で複数の相手を引き受けられるのだから、かなり目配りが利く。しかも、クザクがあの大刀をふるえば一撃必殺の威力がある。

クザクと将軍が一騎討ちをしたら、どちらが勝つか。もちろん勝負なので、やってみなければわからないが、クザクがむざむざとやられるとは思えない。少なくとも、接戦に持ちこむことはできるだろう。

ハルヒロたちだっている。クザク一人で戦わなくてもいい。卑怯《ひきょう》だろうと何だろうと、よってたかって襲いかかれば、おそらく決着はあっという間につく。

物騒な話だが、その気になればハルヒロたちは将軍を亡き者にしてしまえる。将軍も馬鹿ではないはずだから、わかっているだろう。いざとなれば、ハルヒロたちはそっぽを向いて言うことを聞かない。だから将軍はシホルを人質にとって脅したのだろう。

「おれたちの、仲間のことで」

ハルヒロがそこまで言うと、将軍はまったく表情を変えずに、ふむ、と鼻を鳴らした。

おれたちを怒らせたら、どうなるかわかってるよな。おれたちはあんたを始末することだってできる。あんたの言うことを聞いた。聞いてやったんだ。あんたもやるべきことをやれ。さもないと。

「今ここにはいない、仲間のことです」

「義勇兵団に昔の仲間がいるとか」

しらばっくれるつもりか。怒鳴りつけたくなる。抑えろ。今はまだ。

「いいえ。そうじゃない」

将軍は指輪を嵌めた左手の人差し指で右手を二度叩《たた》いてから、わずかに首をひねった。

「では、誰だ」

ニールが、くっ、と喉を鳴らして笑った。ヒヨは肩をすくめている。あいつら。頭に血が上る。

舌打ちをする音が聞こえた。見れば、クザクがすごい表情で下を向いている。メリイは顔面蒼白《そうはく》だ。ヒヨを睨《にら》みつけている。

セトラが少し身を屈《かが》めて、何をするのかと思ったら、足許でお座りしているキイチの頭を撫《な》でた。どこ吹く風といったふうに、微笑《ほほえ》みさえ浮かべている。

ハルヒロは将軍の目を見返した。相変わらず、将軍は動じない。

この男は本当に虚勢を張っているのか。それとも、異常なほど鈍感なだけなのか。あるいは、幾多の修羅場を潜《くぐ》り抜けて達観しているのか。

「おれたちはやるべきことをやった。あなたもそうするべきだと思います。対価を支払ってもらえないなら、仕事はできません」

「地位も名誉も望むままに与えよう」

ハルヒロが首を横に振ると、将軍はかすかに眉根を寄せた。

「無欲だな。他に何が欲しい？　そうだ。ヨロズ預かり商会とやらの宝物庫を開けるのに手間取っている。きみらがやってみるか。唸《うな》るほどの金銀財宝に溢《あふ》れているというぞ。いくらか分けてやってもいい」

「いりませんよ、そんなもの」

なるべく声を乱したくない。これは意地だろうか。将軍に対抗しようとしているのか。なんだかもうよくわからない。

「おれはただ、返して欲しいだけです」

「借りを返せということか。きみらの功績には報いる。先ほどから私はそう言っていると思うが」

「だからさ……！」

クザクが掌《てのひら》を食卓に叩きつけた。かなり大きな音がしたが、将軍は目もくれない。じっとハルヒロを見つめている。

「きみらに返さねばならんようなものは、何もないと心得ている。――が、仮に、だ。きみらにそれを返したとしたら、私は何を得る？」

「何を、……って……」

「私はきみらに様々なものを与えることができる。欲深なきみらはそれでは満足できんのかもしれんが、誠意を形にして表そうとしている私としては心外だ。これ以上を求めるきみらは、私にどう応《こた》える？　私に何を与えられるのだ？　どのような対価を？」

「対価……」

ハルヒロはうつむいた。何だ。話が通じない。何なんだ。ぜんぶ無駄だった？　ただ働きをさせられただけなのか。ひょっとして、将軍はシホルを返すつもりなど最初からさらさらない？

返しようがない、とか？

シホルは拉致されて、どこかに閉じこめられている。本当に？

やっぱり違うんじゃ？

もうとっくに、――とっくに、何だよ？

考えたくない。考えないようにしている。そこに付け込まれているんじゃないのか。

最悪の可能性を想定したくない。だから、そんなことはないはずだから、あっていいはずがないから、ハルヒロたちは将軍の言うことを聞くしかない。将軍に従うしかない。あるとは限らない希望に、すがるしかない。

あるとは限らない。

初めから、望みなどないのかもしれない。

「私はきみらを買っている」

将軍は少し考えてから、

「高く、買っているつもりだ」

と言い直した。

「この辺境の未来を切り開くのは、きみらのような若者たちだろう。むろん、私もきみらの力を必要としている。きみらは私を知らん。おそらくは、行き違いが生じているのだろう。だが、若いきみらにあえて助言するのなら、現時点では納得がいかぬことがあったとしても、長い目で見ることだ。今、立ちこめている濃い霧も、明日になれば晴れているかもしれん」

ハルヒロは顔を上げて、ふたたび将軍の目を正視した。

「はっきり、言ってくれませんか。もっと、わかるように」

「どうか私を信じて欲しい」

将軍は微笑んだ。

信じがたいことに、慈愛がにじんでいるとしか思えない、まるで親が子に向けるような微笑だった。

「悪いようにはしない。私はきみらのことを考えて言っている。花咲かぬうちに芽を摘むのは、私としても本意ではないのだ」

15・くじければ

天望楼《てんぼうろう》内の割り当てられた部屋に戻ると、ハルヒロは放心して何も考えられず、うずくまってただただじっとしていた。仲間に声をかけられても、生返事をするのがやっとだった。これではいけない。わかってはいるのだが、どうにもならない。

「ハル、これ」

メリイが何か持ってきた。

「うん……」

ハルヒロはそう答えて、しばらくしてからメリイがまだその何かを手に持っていることに気づいた。受けとっていないのだから、あたりまえだ。

「ありがとう」

ハルヒロは手渡されたそれを床に置いて、もう夜遅いのかな、と思った。どうなのだろう。この部屋には窓がない。

「ハル」

声をかけられた。

見ると、メリイはさっきいた場所から動いていない。

「うん。……どうしたの？」

「着替えて」

「あぁ。……そうか」

どうやら、メリイが持ってきてくれたものは衣類らしい。そんなこともわからないなんて、どうかしている。

「ひどいもんな。……そうだね。着替えたほうがいいか」

ハルヒロは立ち上がった。汚れてぼろぼろになった服を脱いでゆく。

「……ハル？」

と、またメリイに呼びかけられた。

「うん。……あっ――」

もう少しで全裸になるところだった。下着は脱がなくていいだろう。

「は、早く着て……」

メリイにうながされて、ハルヒロはズボンを穿《は》き、上着を羽織った。着られる服はまだある。ぜんぶ着ないといけないのか。億劫《おっくう》だ。

ハルヒロは床に腰を下ろして膝を抱えた。メリイが隣に座った。

クザクは毛布か何かにくるまって寝ているようだ。

セトラは起きている。壁に背を預けて腕組みをし、考えごとでもしているのか。キイチはその足許《あしもと》で丸くなっている。眠っているようだ。

「ハル」

これが何回目だろう。メリイに名を呼ばれるのは。

うっとうしく感じた。

もちろん、メリイは悪くない。

「うん」

「大丈夫？」

メリイにそう訊《き》かれて、どう答えたらいいのか。大丈夫なわけがない。素直にそう言うのも違うような。弱音なんか吐いてもしょうがないし。八つ当たりもしたくない。逆ギレなんてもってのほかだ。

答えようがない。

かといって、いつまでも黙っているわけにもいかないから、

「……うん」

とうなずいてみせたら、メリイはハルヒロの気持ちを察したようで、

「ごめんなさい、わたし……」

しまった、というような顔をして、唇を嚙《か》み、苦しそうに、申し訳なさそうに首をすくめるメリイを目の当たりにして、ハルヒロは心底、自分が情けなくなった。

「いや、……おれのほうこそ――」

自分のほうこそ、何だよ。ごめん？　謝ればすむのか。それで問題が解決するのか。事態は進展するのか。

ハルヒロは両手で自分の頬をぴしゃりと打った。

メリイはびっくりしている。だよな。びっくりするよね。

正直、ハルヒロも驚いている。いきなり何をやっているのか。けれども、これくらいやらないと目が覚めない。とっさにそう思ったのだ。目を覚ましたかった。

「大丈夫」

ハルヒロはあらためてそう明言して、笑顔を作ってみた。きっと、おかしな顔になっている。笑顔というより、変顔かもしれない。メリイは、でも、微笑《ほほえ》んでくれた。

「うん」

どうも自覚はないみたいだが、メリイの微笑みにはそうとうな威力がある。引力、と言うべきかもしれない。見とれてしまいそうになり、ハルヒロは慌てて目をそらした。

「……あー、……この服、どこで？」

「ニールが持ってきたの」

「え、いつ？」

「ずいぶん前だけど」

「……やばいな。ぜんぜん気づかなかった」

「そういうこともある」

メリイにやさしくされると、胸の奥がきゅっと狭まるような心地がするのはなぜだろう。

「将軍から、だって。ニールが言うには。着るのは気が進まないかもしれないけど、変な細工がしてあったりとか、そんなことはないみたいだから」

「そっか。……うん。平気だよ。今さら、借りを作りたくないって状況でもないし」

「ちゃんと着て？」

少し咎《とが》めるような口調ではあったものの、メリイは怒っているわけじゃない。

「……だね。着る」

ハルヒロはメリイに言われたとおり、衣服を着直した。どれも革製だ。素材も、加工もいい。縫製もしっかりしている。革鎧《かわよろい》と革服の中間といったところだろうか。外套《がいとう》もあった。黒い革の外套だ。フード付きで、とても薄くて軽い。

「けっこう似合ってる」

冗談めかしてメリイが言う。

「そう？」

ハルヒロは少し体を動かしてみた。汚れは目立たないが、誰かが着ていたものなのだろう。革がずいぶんやわらかくなっているし、皺《しわ》もついている。サイズがほぼぴったりなのが薄気味悪い。

「見栄えだけじゃなくて、実用的っぽいよ、これ」

「落ちついた?」

「だいぶね」

ハルヒロはメリイの横に座った。少し背を丸めて、ゆっくり呼吸をする。

「……将軍は、おれたちを信用してない。おれたちも当然、将軍を信じてない。それでも、将軍はおれたちを味方につけようとしてる」

「そうね。どんな手を使ってでも」

「シホルは生きてる」

ハルヒロは口に出してみてから、自分の感情がどう動くか、慎重に観察した。

シホルは生きている。そう思いたいだけか。それとも、そう考えざるをえないという理性的な判断なのか。

「将軍がよっぽどの馬鹿じゃなきゃ、シホルを殺したりしない。シホルを殺したら、おれたちが将軍になびくことは絶対にないんだから。生きてるって嘘《うそ》をつきつづける手も、なくはない。だけど、バレるかもしれないリスクがある」

「将軍は、……シホルを生かして利用する。わたしたちを、手駒として使うために」

「ただ、事故で、……つまり、誤って、何かの手違いで、人質を、……シホルを傷つけてしまう、殺してしまう可能性は、ある」

「……そうね。ないとは言えない」

「その場合、将軍はリスクを覚悟で嘘をつくしかない。間違って殺しちゃった、なんて言われても、おれたちが納得するわけないんだし」

「もし、嘘をつかなきゃいけないなら、……つき通せるようにするんじゃない？」

「おれもそう思う。その場合は、痕跡をすべて消す。何も残さない。……灰にして、そこらへんに撒《ま》いてしまえば、生きてるか死んでるか、証明できる者はいなくなる。たとえ将軍が、人質は死んだ、もういないって明言したとしても、真偽を確かめるすべがない」

「でも、だとしたら、それは、……考えなくていい。考慮に入れても仕方ないもの」

　メリイは前を見すえて、はっきりと、

「シホルは生きてる」

　と言った。

「あくまでもわたしたちは、その前提で動く」

「うん。それでいいと思う」

「将軍は、いつかシホルを返すと思う？　自発的に、将軍のほうから」

「たとえば、……おれたちが将軍に忠誠を誓う。将軍は、もう返してもいいだろうと考える。シホルを返したとしても、裏切られることはない。そう信じる。……どうかな。難しいね。ちょっとありえないかな」

「そうね。わたしたちと将軍の関係がそこまで大きく変化するなんてこと、普通に考えれば、まずない」

「……将軍は馬鹿じゃないから、わかってるはずだ。天地がひっくり返るようなことが起こらない限り、おれたちは将軍の忠実な部下にはならない」

「わたしたちはただ、脅されて言うことを聞いてるだけ。将軍は手駒が少ないから、わたしたちを使うしかない。今後、そうじゃ、……なくなったとしたら？」

「将軍が、信用できないおれたちをいつまでも使いつづける理由は、……ないだろうな。たぶん将軍は、本気でおれたちを懐柔できるなんて思ってない。いらなくなったら、切り捨てる。間に合わせだと思う」

　黒外套たちとニール以下斥候兵は、ジン・モーギスと一心同体と言ってもよさそうだ。彼らの間には、友愛の情や仲間意識、責任感、忠誠心といったものを超えているような、特別な結びつきがある。

　推測でしかないが、本土南部での蛮族との戦いは、とてつもなく苛烈で過酷だったのだろう。将軍は彼らを救い、彼らも将軍を助けた。彼らはともに生き延びた。そんな経験をしていると、理屈を超えた連帯感を持つものなのかもしれない。

　この辺境で、将軍が自分の手足となって働く部下をえるのは難しいだろう。ただし、利害が一致すれば、将軍に荷担する者は現れるはずだ。

「なんでか知らないけど、ヒヨは、……開かずの塔の主は、将軍に肩入れしてるらしい。イオたちはどうしてるのかな。ヒヨについてったっきりだけど……」

「イオは、神官」

メリイが呟《つぶや》くように言う。

「義勇兵全体の中でも、トップクラスの。かなり性格に癖がある人みたいだけど、腕はそうとう立つはず」

「ゴミとタスケテって人も、名前はあれだけど、並大抵じゃないんだろうね」

「だと思う」

「ヒヨは、……何だろうな。なんか、焦ってるみたいだった。やけに真剣で、自分の身まで危険にさらして。ひょっとしたら、ヒヨの立場も安泰じゃないのかもしれない」

「必死に貢献しないと、イオたちに追い落とされる……?」

「そういう危機感はあるんじゃないかな。たとえばだけど、もし開かずの塔の主に命じられて、イオたちまで将軍に力を貸すようになったら――」

「私たちの利用価値は相対的に下がるだろう」

それまで黙りこくっていたセトラが急に口を挟んできて、皮肉っぽく、ふっ、と鼻を鳴らした。

「つまり、私たちの立場もまた、安泰ではないということだ」

キイチが起き上がって全身をのばし、ぶるっと頭を振った。お座りをして、セトラを見上げる。

セトラはキイチに目を落とした。途端に表情がやわらいだ。

「……んあぁー……」

クザクが変な声を出した。手で顔や首をこする。目を覚ましたのか。そういうわけではないらしい。クザクはすぐにまた鼾《いびき》をかきはじめた。

「この男は……」

セトラが呆《あき》れ顔《がお》でクザクを眺めている。キイチを見るときとの落差がすごい。

クザクを叩《たた》き起こして、今すぐ具体的な行動をとるべきだろうか。気持ちとしてはもちろんそうしたい。でも、動きようがあるのか。

「シホルを救出する」

ハルヒロは床に右手の人差し指を突き立てた。

「これが最優先だ」

「方法は、……交渉が通用しないなら、大きく分けて、二つあると思う」

メリイも床に人差し指の先をそっと置いた。

「一つは、シホルの居場所を特定して、助けだす」

「もう一つは」

　セトラはキイチを抱き上げた。キイチは首筋から背中まで撫《な》でられて、気持ちよさそうにしている。

「私たちがやられたことをやり返す。将軍を人質にとって、その身柄と引き換えにシホルを解放させる。――いずれにせよ穏当とは言いがたいが、この際やむをえまい。先に仕掛けてきたのは相手のほうだ」

　失敗はできない。まず、より確実性が高い方法を選ぶ。やるからには必ず成功させる。

　ハルヒロは床を指で叩きながら頭をひねった。

「……将軍を人質にとったとしても、シホルを取り返せるとは限らない。自分の命を惜しむ男なのかどうか、いまいち読めないところがあるし。このごろは用があるときに呼ばれるくらいで、近づく機会もそんなにない」

「近いうちに、遠征軍がヒイロガネをゴブリンに引き渡す」

　セトラはキイチを抱いたまま、歩きまわりはじめた。

「あの女、……ヒヨは立ち会うだろうな。将軍はどうなんだ」

「モガド・グァガジンと直接会うときまで、将軍は表に出ないいんじゃない？」

　とメリイが言う。

「旧市街のどこかに会見するための場所を設営するんでしょう。それまでの間にシホルを見つけられれば、チャンスが巡ってくる」

セトラはうなずいた。

「将軍とモガド・グァガジンがダムローで顔合わせをするとなったら、天望楼《てんぼうろう》を含めてオルタナ全体が手薄になるだろうからな」

やるべきことが見えてきた。

第一にシホルの捜索だ。将軍側に怪しまれないように気をつけつつ、天望楼、そしてオルタナ市内を探る。西町の盗賊ギルドに行って、助言者《メンター》のエライザがいれば、協力を仰いでみてもいい。

将軍を人質にとる選択肢も捨てることはない。将軍に接近できる状況があるかどうか、随時確認しておけば、いざというとき動けるだろう。

ともかく、ハルヒロは朝まで眠ることにした。

新市街の探索はそうとうきつかった。しかも、やりとげたのに望んだ結果がえられなかった。控えめに言っても落胆している。ハルヒロは強靭《きょうじん》な精神の持ち主でも何でもない。凡人なのだ。ひどく落ちこまないほうがおかしい。メリイが魔法で傷を癒してくれたとはいえ、流した血が一瞬で戻るわけではないし、疲労もある。身も心も回復させないと、シホルを救いだせない。

16. 風のように現れる

エライザとは会えた。顔は見せてくれなかったが。とにかく事情を話して、シホルの捜索を手伝ってもらえることになった。

ただし、エライザには盗賊ギルド助言者《メンター》としての仕事がある。エライザはいわば義勇兵団付きだ。現在は義勇兵団が占領しているリバーサイド鉄骨要塞とオルタナの間を行き来している。従って、エライザがオルタナでやれることは限られている。

「義勇兵団はまだ、ジン・モーギスがゴブリンと手を結ぼうとしていることを知らない。これから伝えるけど。また一波乱も二波乱もあると思う」

遠征軍とゴブリン族との同盟が成立したら、義勇兵団はどう動くか。エライザにも読みきれないという。だが、義勇兵団としても、辺境で孤立するわけにはいかない。たとえモーギスがゴブリン族と手を組んだとしても、当面は連携を維持するしかないのではないか。当然、モーギスはそう見越して事を進めているのだろう。

なお、オリオンのシノハラが言っていたお嘆《なげ》き山《やま》についてだが、やはり南征軍の残党が集結しているようだ。残党とはいうものの、リバーサイド鉄骨要塞から敗走したコボルド約三千に、デッドヘッド監視砦《とりで》のオークおよそ五百、さらに、もともとお嘆き山に巣くっていた不死族《アンデッド》も相当数いるらしい。かなり大きな勢力だ。

「お嘆き山が当面の鍵になるかもしれない」

とエライザは言っていた。

モーギスと義勇兵団にとって、お嘆き山の勢力は明確な敵だ。ゴブリン族は本来あちら側だが、モーギスとの同盟はすなわち、諸王連合からの離脱を意味する。

ゴブリン族がお嘆き山の勢力と戦うことは、さすがにないかもしれない。ただし、中立を守るくらいなら十分ありえそうだ。

義勇兵団としては、リバーサイド鉄骨要塞に近いお嘆き山の敵は排除しておきたい。モーギスがこれに手を貸せば、両者の繋《つな》がりは強くなる。

ハルヒロとキイチは、黒外套《がいとう》やニール以下斥候兵たちの目を盗んで、天望楼内の捜索を進めた。玄関ホールや貯蔵庫、ハルヒロたちに割り当てられている部屋などがある一階はもちろん、大広間や応接室、食堂、厨房《ちゆうぼう》、暖炉部屋などがある二階も、くまなく捜した。天望楼の三階以上はまさに塔だ。三階にあるジン・モーギスの寝室は警備が厳重で近づくことすら難しいが、その他は調べた。モーギスの寝室以外はどの部屋も使われていないようで、無人だった。

手分けしてオルタナ市内も探っているが、何も成果は出ていない。

オルタナは、市域のほぼ中央にある天望楼を境に、北区と南区に分けられている。小高い東の一角は東町、やや低まっている西の一角が西町と呼ばれていた。

遠征軍の兵士たちは現在、北区の旧辺境軍本部、宿屋街だった花園通《はなぞのどお》り、歓楽街の天空《てんくう》横丁《よこちょう》、それから、南区にある職人街の建物で寝泊まりしている。モーギスからその旨の命令があったらしい。

防壁には兵が配備されているが、市内は黒外套がたまに見回っている程度だ。廃材の撤去や建物の修繕といった仕事をさぼってふらついている兵もいなくはない。しかし、決して多くはない。モーギスが定めた居住区画の外では、ほとんど兵の姿を見かけない。兵がいないのなら、シホルを隠すのにかえって好都合かもしれない。そう考えることもできる。ただ、モーギス以下遠征軍はもともと土地鑑がない。果たして、こみ入った場所にシホルを監禁できるものだろうか。

アラバキア王国辺境軍の戦士連隊長アントニー・ジャスティンの手引きがあった、という線も疑ってみた。でも、天望楼ですれ違った際、アントニーはハルヒロが探りを入れるまでもなく、シホルがいないことを不審がり、心配していた。演技かもしれないが、感触としてはアントニーがこっそり将軍に手を貸しているとは思えない。

やはり北区、南区に、シホルはいないのではないか。

こぢんまりとした高級住宅街だった東町は、略奪や破壊の被害が激しく、まったく復旧の目処《めど》が立っていない。ざっと捜索してみたが、動くものといえば虫や鼠《ねずみ》くらいしか見つからなかった。

暗黒騎士ギルドや盗賊ギルドがある西町は、雑多に入り組んでいる貧民街で、普通に歩いていてもよく道に迷ってしまう。エライザに頼んでシホルを捜してもらっているが、あまり見込みはなさそうだ。

ハルヒロたちがアァスバァシィン侵入を果たした日の四日後、ヒイロガネ武具の引き渡しが行われた。

手順はこうだ。遠征軍が、ヒイロガネ武具をダムロー旧市街と新市街を隔てる壁の手前、門の近くまで運ぶ。遠征軍は一度、後退する。ゴブリンたちが新市街から出てきて、ヒイロガネ武具を確認する。

ゴブリン側はヒイロガネ武具の種類や数を正確に把握しているようだ。一つでも足りなければ、面倒なことになっていただろう。幸い、すべてのヒイロガネ武具が返却され、引き渡しは無事終了した。

会見場はゴブリンたちが旧市街に設営し、遠征軍がチェックすることになっている。引き渡しの日にはすでに、半分にした土団子の盛り合わせのような、人間には奇怪としか表現できない建物ができあがっていた。

ハルヒロたちも駆りだされ、会見場を隅から隅まで下見したが、伏兵を隠せるような構造ではない。怪しい細工もなかった。天窓はあるものの、側面には出入口以外、一つも開口部がないので、外から中にいる者を飛び道具で狙い撃ちすることもできないはずだ。

明日、ジン・モーギスはアラバキア王国遠征軍を辺境軍に改め、新しい軍旗の下、辺境軍総帥を名乗る。

そして、正午にダムロー旧市街の会見場でモガド・グァガジンと対面し、辺境軍とゴブリン族との間で同盟が結ばれる。

その前夜祭ということなのか。モーギスは、防壁を守る当番兵以外の将兵を天望楼前の広場に集め、盛大に篝火《かがりび》を焚《た》かせて、大いに酒食を振る舞った。

何頭ものガナーロなどの大型獣を潰して丸焼きにし、本土から持ってきたらしい干し米と数種の具材が大鍋で煮込まれている。好きなだけ飲めとばかりに並べられた酒樽《さかだる》の中身は、蒸留酒を水で何倍にも薄めて大量の香草をぶちこんだものだ。味もにおいも本当にひどいが、兵たちは体にいいと信じてさえいる。

兵たちには木皿や素焼きの碗《わん》、ジョッキが配布された。ハルヒロたちも兵士らと一緒に列に並んで、皿や碗に食べ物をよそってもらう羽目になった。斥候兵ニールとその部下に監視されているし、この粗野な前夜祭に参加しないという選択肢は残念ながらない。

広場にはかなりの数の空き樽や空き箱が乱雑に置かれている。テーブル代わりに使えということのようだ。

ハルヒロはクザク、メリイ、セトラとキイチで空き樽を囲み、碗に盛られた粥《かゆ》のようなものを食べてみた。不本意ながら悪くはない味で、クザクが頬張っている串焼き肉も見た目はうまそうだ。あの酒はさすがに飲む気になれないが、食べ物に罪はない。満腹になって動きが鈍るまで食べなければ問題ないだろう。

もしかすると、チャンスが舞いこんでくるかもしれない。

モーギスは演説をぶったあと、引っこむのかと思いきや、天望楼正門前に設置させた食卓について兵たちを眺めている。酒杯は用意されているものの、今のところほとんど飲んでいないようだ。護衛の黒外套は四人。おそらく天望楼の中にも何人かいるだろう。

ハルヒロとキイチは天望楼をほぼ調べ尽くしている。

あくまで、ほぼ、だ。完全ではない。

三階にあるモーギスの寝室には、一度も入ることができていない。

アントニー・ジャスティンが話しかけてきたが、適当にあしらうと、寂しそうに去っていった。

「楽しんでるか？」

ニールも木製のジョッキを手に近づいてきた。

「何だ。飲んでねえのか。明日、みんなで再出発しようって記念の夜なんだぜ。少しくらい羽目を外したらどうだ」

「あんたも素面《しらふ》でしょ」

クザクが嫌悪感をあらわにして言うと、ニールはジョッキに口をつけ、呷《あお》ってみせた。

「俺はいくら飲んでも顔に出ない。ザルなんでな」

「それ、ほんとに酒なのかね……」

「試してみるか？」

ニールはジョッキをクザクの鼻先に突きつけ、ニヤッと唇をゆがめた。

「俺の酒が飲めねえとは言わせねえぞ」

「じゃあ、はっきり言うわ」

クザクは一音一音区切って、

「あ、ん、た、の、さ、け、は、の、め、ね、え、よ」

と発音した。

ニールは笑ってジョッキを引っこめる代わりに、なれなれしくクザクの肩を叩《たた》いた。

「まあ、仲よくやろうぜ」

「やなこった！」

クザクは体をよじってニールの手を振り払った。ニールは気を悪くするどころか、可笑《おか》しくてしょうがない、といったふうだ。

「そう嫌うなよ、兄弟。俺らは一蓮托生《いちれんたくしょう》なんだからな。だろ？」

「ええ」

ハルヒロは即答した。

「そうですね」

空々しく聞こえるだろうが、べつにかまわない。ニールの言葉も本心から出たものではないはずだ。

「楽しめよ」

ニールはそう言い残して離れていった。

ハルヒロたちを見張っているのは、ニールと部下の斥候兵、あわせて四人だ。ハルヒロはその全員の顔をしっかりと記憶している。ただ、斥候兵も忙しい。今はダムローに多く配置されている。この広場にいるのはニールと他一名だけだ。ニールがこっちを見ていないときは、その一人がハルヒロたちの動向をうかがっている。

ニールにかまっている間に、モーギスが席を離れていた。天望楼《てんぼうろう》に戻ったのか。いや、違う。広場の中を回ろうとしているようだ。黒外套たちが将軍に付き従っている。

ジン・モーギスは兵と気安く口をきくような指揮官ではない。兵の大半にはむしろ、避けられている。モーギスが近づいてくると、逃げてゆく兵さえいるほどだ。

以前はあからさまにモーギスを見くびっているような態度の兵も大勢いた。しかし、オルタナ攻略戦を通して、彼らは認識を改めたようだ。相変わらず規律を守らない兵は少なくないが、どんな怠け者もモーギスを恐れている。上官に口答えするのとモーギスに反抗するのとではわけが違う。モーギスは問答無用でいきなり兵の首を刎《は》ねるような男だ。

モーギスを積極的に、というかほとんど熱狂的に支持して、持ち上げようとする動きも、一部の兵の間には生まれている。

「ジン・モーギス将軍に乾杯！」

「将軍じゃねえ、総帥閣下だろ！」

「そうだ！　俺たちゃもう遠征軍じゃねえ、辺境軍だ！」

「ジン・モーギス総帥に！」

「総帥、万歳！」

「王になってくださいよ、総帥閣下！」

「俺たちの王に！」

「ヴェーレをぶんどるんだ！　お願いします、モーギス総帥！」

「辺境を俺らの故郷に！」

酒杯を掲げて大騒ぎする若い兵たちに囲まれて、モーギスも満更ではないのか。表情はふだんと変わらない。でも、手を挙げて歓声に応じたりしている。嫌がっている様子はない。モーギスにしてみれば現状、目論見通《もくろみどお》りで、まずは一安心、といったところなのか。

「あぁー」

クザクは顔をゆがめて串に刺さった肉を噛《か》みちぎり、咀嚼《そしゃく》しながら、

「肉がまずくなるわぁ」

「どれだけ食うつもりだ？」

セトラはもうテーブル代わりの空き樽の上に碗を置いている。クザクは首をひねった。

「まぁ、食えるだけ食っとこうかな、みたいな？　そんな感じっすかね。あと二、三本、もらってこようかな。みんなは？　いりません？　ついでに持ってくるけど」

「わたしはいい」

メリイは律儀に答えたが、セトラは頭を振っただけだった。でも、キイチは物欲しそうな目をしてクザクを見上げている。

「おっ、キイチは食べたい？　そっか、そっか。ハルヒロは？」

「おれは――」

いらない、と返事をしようとしたら、うなじの毛が逆立つような感覚に襲われた。

「よォ」

声をかけられるまで、自分がその男の存在をほとんど意識していなかったことに、ハルヒロは驚いた。

見ると、男は暗色の外套《がいとう》ですっぽりと体を覆い、フードを目深に被《かぶ》っている。それだけではない。何か仮面のようなもので顔を隠している。

「……え――」

誰、と問う前に、メリイが、はっ、と息をのんだ。

ハルヒロは動揺を押し隠し、なにげないふうを装って周囲に目を配った。十五メートルくらい離れたところにニールが、もう一人の斥候兵はモーギスの近くにいる。二人ともこっちを見ている。

ただ、どうだろう。二人の位置を考えると、仮面の男はちょうど死角に入っているのではないか。二人はおそらく仮面の男に気づいていない。

偶然なのか。それとも、意図的に監視の目をかいくぐって接触してきたのか。

「わかんねーか」

仮面の男は、へヘッ、と低く笑って、

「記憶がないんだってな、ハルヒロ。……ところで、ションベンしたくねーか？」

ハルヒロが受け答えする前に、仮面の男は身をひるがえした。

素早いなんてものじゃない。仮面の男はほとんどあっという間に兵士たちの中に紛れこみ、いなくなってしまった。

ハルヒロは仲間たちと顔を見合わせた。

「あの、おれ、ちょっと」

と言葉を濁し、身振りを交えて用を足しに行くことを伝える。むろん、本当に小用に立とうというのではない。仲間たちもわかっているだろう。

「あぁ、……そっか、うん！」

をついた。

クザクがわざとらしくうなずいてみせると、セトラはこれ見よがしに、はぁ、とため息
メリイは心ここにあらずといった様子だ。ハルヒロたちと違って、覚えているからか。

ハルヒロが空き樽に木皿を置いてその場を離れると、ニールも動いた。クザクたちの見張りはモーギスの近くにいる斥候兵に任せて、自分はハルヒロを尾行するつもりだろう。でも、相手が悪い。ハルヒロは隠形《ステルス》を駆使してニールを撒《ま》いた。広場を出て、どこに行けばいいのか、考える前に足が義勇兵宿舎に向いていた。

仮面の男は義勇兵宿舎内の一室でハルヒロを待っていた。

「おまえ、ホントに記憶がねーのか？」

「……なんで。そんなこと、訊《き》くんだよ」

「迷いもなくこの部屋に来やがったからだよ」

男は仮面を外し、被っていたフードもついでに払いのけた。

開け放された窓から月明かりが射《さ》しこんでいて、顔の造作くらいはわかる。

「本当だよ。覚えてない」

「……そうかよ」

男は仮面を寝台の上に放って、癖のある髪の毛をうるさそうに引っかき回した。

「オレが誰かはわかってんだろ」

「ああ。だいたいね」

「だいたい、だと？　ぶっ殺されてーのか？」

「いや」

「記憶を失っても、クッソつまんねートコはこれっぽっちも変わってねーな」

「ランタ」

どう言えばいいのか。何を言えばいいのだろう。

「久しぶり」

見当もつかなくて、当たり障りのない言葉を口にしてしまった。こんな自分はたしかにつまらない人間なのだろう。納得せざるをえない。

ランタはうつむいた。

「覚えてねーヤツが言うことかよ、……ヴォケ」

声が尻すぼみになった。

ランタとの関係は必ずしも良好だったわけではないようだ。というか、悪かった。そうでなければ、道を分かつことはなかっただろう。

ずいぶん口が悪い男だ。それはこの短いやりとりだけでもわかる。だから好きになれなかったのか。そんな単純なことではないだろう。きっとお互いに何か相容《あいい》れないものがあった。それでも仲間だった。一緒に艱難辛苦《かんなんしんく》を乗り越えたあげく、決別した。

「ボケとか言うなよ、馬鹿ランタ」

どうしてか、するりと口からこぼれ出た。

ランタは顔を上げ、一瞬、目を瞠《みは》ったが、すぐにまた下を向いた。

「ボケとは言ってねえ。オレはヴォケっつったんだ。そこんトコ、間違えるな」

「……同じじゃない？」

「違うだろうが。ヴォケとボケだぞ」

「些細《ささい》すぎると思うんだけど」

「そういう細かいニュアンスがけっこう大事だったりするんだよ。わかるか？　わッかんねーだろうな。雑だからな、パルピロ、ホンットにおまえってヤツはよ」

「なんか、……そのニュアンスの差はよくわからないけど、おまえとうまくいかなかった理由は、ちょっとわかったかも」

「オレは繊細で、おまえは大雑把だからな。水と油なんだよ。つーか、月とスッポンだな。ちなみに、言うまでもねーが、月はオレで、おまえはスッポンだ」

一言うと十返ってくる勢いだ。セトラのように弁が立つ、舌鋒《ぜっぽう》鋭い、というのとは違う。舌先三寸というか何というか。まともに付き合っていたら、さぞかし疲れるだろう。

「義勇兵団にいたんだよな」

適当に流して、話を進めたほうがよさそうだ。

「勝手に抜けてきたの？」

「ンなワケねーだろ。シホルが拉致られたっつーから、……オレはべつにアレなんだが、やっぱアイツにしてみりゃそこは──」

アイツって、と訊こうとしたら、後ろから何かが躍りかかってきた。

「ハルくん……！」

「うわぁっ!?」

何、これ？　おんぶ？　おんぶしているのか？　突然、飛びついてきた相手を？　いやいや、おんぶではない。相手が勝手にしがみついているだけだ。ハルヒロは腕を後ろに回して相手を支えているわけではない。倒れないように、ハルヒロはなんとかバランスをとっている。振りほどくべきなのか。でも、ハルくん、──って。

「ハルくん！　ハルくんやあ！　ハルくんの匂いやんなあ!?　ハルくんやあ……！」

「いや、ちょっと、あの……！」

ものすごく、嗅がれている。ハルヒロの首筋とか耳の後ろとかに鼻を押しつけて、くんくんくんくん匂いを嗅ぎまくっているのは、犬？　違う。あたりまえだ。

「ウォイユメコラァァーーーーッ……！」

ハルヒロにとりすがっている何者かを、ランタが引き剝がそうとする。

「てめッ、何してんだアホッ！　離れろォォーーッ！」

「いややあ！　ユメはハルくん、めっさごぶさたなんやからなあ！」

「ごぶさたって誤解を招きかねねー表現だぞ、ソレ!?　だいたいおまえ、ハルヒロのヤローにそんなくっついたコトあんのかよ!?」

「あるもん！」

「あンの!?　嘘《うそ》!?　マジで!?」

「ずっと前やけどユメ、ハルくんにぎゅってしてもらったしなあ！」

「あったあった、つーか、大昔の出来事じゃねーか！　言っとっけど、このクソはソレもまったく覚えてねーんだぞ、わかってんのか!?」

「ユメのこと忘れてなもなあ、ハルくんの体は覚えてるかもしれないやろ！」

「だから、その表現がよ……！」

「あ、あのぉ……」

ハルヒロは必死に声を絞りだした。

苦しい。

ランタに引き剝がされまいとして、ユメ、――そう、ユメが、全身を駆使してハルヒロにしがみついている。とくに両腕がしっかりと首に絡みつき、食いこんでさえいる有様で、息もろくにできない。

「た、たすけっ、はっ、なし、てっ……」

「わわぁっ。ごめんなあ！」

ユメが飛び離れてくれて、間一髪、窒息せずにすんだ。

しゃがんで息を整えようとしていると、ユメが屈《かが》みこんで背中をさすってくれた。

「だいじょぶかあ？　ほんとにごめんやんかあ。ユメ、ハルくんと会えて、ものっそい嬉《うれ》しくってなあ」

「そんなハナクソヤローに会えたからって何が嬉しいんだ、アホユメ。はしゃいでんじゃねーぞ、尻軽」

ランタはやけにキレている。ユメもキレ返した。

「ユメのおしりはそんなに硬くないしなあ！」

「おまえのシリが硬いなんて言ってねーよ！　軽いっつったんだ、オレは！」

「ぬう？」

ユメが首を傾《かし》げると、編まれているものの、とても長い髪が床についた。

「おしりが軽いってどういう意味やんなあ？　すかすかってことなん？　ユメのおしり、筋肉とかもあるし、それなりに重いと思うねやんかあ」

「もういーよッ！　ワケわかんなくなるんだよ、おまえと話してっとッ！」

「……いつもそんな感じ？」

ハルヒロが喉をさすりながら訊くと、ランタは妙に慌てふためいて、

「ど、どどどっ、どういう感じだよ、そんな感じって!?　何を指してそんな感じとか言ってくれちゃってやがんだ、ああッ!?」

「まあなあ。だいたいこんな感じやんなあ」

ユメはため息交じりに肯定した。ランタはなんだか照れくさそうだ。

「……実際、こんな感じっちゃーこんな感じだけどよ。ノリっつーか何つーかな。それ以上でもそれ以下でもねーんだから、そのへんは勘違いするなよ、いいか?」

「はいはい……」

ハルヒロが気のない返事をすると、ランタはまたキレた。

「はい、は一回でいいんだよ！　一回でッ！　宇宙開闢《かいびゃく》以来決まって――」

「そうやあっ！」

と、だしぬけにユメが跳び上がって、ランタは、ヒィッ、と跳び退《の》いた。

「な、なな何だよ、いきなりッ!?」

「シホルがさらわれてしまったんやろ。ユメたち、ハルくんたちに会うのもやけど、シホルを助けたくてきたねやんかあ。なあ?」

「……お、おう。そうだな。そ、そうだ！」

ランタはハルヒロに人差し指をビッと突きつけた。

「そうだぞ、パルポロロン！」

「誰だよ、ぱるぽろろんって……」

「おまえ以外にいるか？　いねーだろ？　わかんねーか？　そこまでおまえの頭はパッパラパーのポンポコくんなのかよ？」

「……シホルの話、しなくていいの？」

「するわ！　おまえなんかに言われなくてもしまくるわ！　つーか、おまえが話せーッ。状況を説明しやがれッ。パパッとな。手短に要領よくだぞ。早くしろッ」

ランタだけなら、意地でも口を割らなかったかもしれない。ユメが一緒でよかった。

シホルとユメはとりわけ親しかったと、メリイから聞いている。そのシホルが記憶を失った。それだけでも、ユメにしてみれば大変なショックだろう。その上、消息不明なのだ。いても立ってもいられず、ユメは義勇兵団を離れてオルタナにやってきた。ついでに、ランタも。ランタはおまけというか。

「──ってところかな。とりあえずは」

ハルヒロがシホルの現状をかいつまんで伝えると、ユメは寝台に座りこんでしまった。

ランタは腕組みをして親指を噛《か》んでいる。

「……なかなかおもしれーコトになってやがるな。ちなみにユメ、今のはマジでおもしれーと思って言ったワケじゃねーからな。つっかかってくるんじゃねーぞ。かっこいい言い方しただけなんだから。──って、自分で解説しちまったら台なしじゃねーか……」

ユメはうなだれたままだ。ランタの戯言《たわごと》など耳に入っていないらしい。ランタは、チッ、と舌打ちをして、ハルヒロを睨《にら》んだ。

「で？　どうするつもりだ？」

「どう、――って」

ハルヒロはつい下を向いて、目をそらしてしまった。

「……機会をうかがって、ジン・モーギスの寝室を調べようかと」

「そこにもシホルがいなかったらどうする？　そんな見え見えの場所に人質を隠すとは、オレには思えねーがな」

「それは、……そうかもしれないけど」

「開かずの塔はどうなんだ？」

「えっ？」

「モーギスはひよむー、……ヒヨでいいのか。とにかく、ヤツのご主人様と手を組んだ。おまえが言うように、ソイツが開かずの塔の主なんだとしたら」

「……そうか。人質を、……シホルを、開かずの塔の主に預ければ」

「開かずの塔には入れねえ。何か方法はあるんだろうが、オレたちは知らねーワケだからな。居場所を突き止めて救出するってのは、そもそも不可能だ」

「おれは……――」

ハルヒロはユメの隣に腰を下ろした。

「……それは考えてなかった」

「だとしたら、クソタワケのオオグソマヌケだな」

ランタは、ヘッ、と鼻を鳴らした。

「おまえは昔っからクソネガティブで、物事を悪いほう悪いほうにしか考えられねえ。そうやって作った逃げ道は歩きやすいか？」

「わかったようなこと、言わないでくれるかな。……正直、不愉快だよ」

「おまえを愉快がらせて、オレに何の得がある？」

「おれにいやがらせをして、おまえに何の得があるんだよ？」

ランタは肩をすくめてみせた。

「気分がいい。ほんの少しだがな」

「ランタ」

低い声だった。ユメにしては、だが。音としての低さより、響きの冷たさが印象的というか、怖かった。ぞっとしたのはハルヒロだけではなかったようだ。

「……へいっ」

と、ランタは明らかに怯《おび》えた声音で応じた。へいって何だよ。ハルヒロはツッコみたくなったが、やめておいたほうがよさそうだ。

「いつまでもそうやってむもうなことゆってるんやったらなあ、お仕置きやからなあ？」

「むっ――」

ランタはきっと、むもうじゃなくて不毛だろ、と言いかけたのだろう。でも、言わなかった。ユメによっぽどきつく折檻《せっかん》された経験でもあるのか。どうやらユメは怒るとけっこう怖いらしい。

「……と、とにかく、だな。そんな悠長なコトやってる暇があったら、手っとり早くモーギスのヤローをボコってシホルを解放させちまえばいいワケじゃねーか」

「ボコるって」

いちいち言葉尻をとらえて非難していたら、また堂々巡りになりそうだ。ランタが言わんとしていることは、ハルヒロもわからなくはない。

「……まあ、モーギスを人質にとる方法はおれたちも考えたけど。簡単にはいかないんだよ。相手だって警戒してるし」

「このオレとユメがいてもか？」

ランタはニヤッと笑って、親指で自分を示してみせた。

「どうせおまえは忘れてるだろうがな。オレ様は百人力だぜ？」

17．王の手

ハルヒロはひとり義勇兵宿舎を出て広場に戻った。仲間と合流する前に、ニールがハルヒロを見つけて近づいてきた。

「どこ行ってた？」

「ちょっと、用を足しに」

「ずいぶん長かったな」

「腹が痛くて」

「何か悪いものでも食ったのか？」

ニールは明らかに揶揄《やゆ》しながら探りを入れている。ハルヒロはわざと暗い顔をして腹部をさすってみせた。

「まあ、……日常的に？」

「言うじゃねえか」

ニールは笑ってハルヒロの肩を叩《たた》いた。気安くさわらないでもらいたい。でも、これくらいは我慢できる。余裕だ。

「じゃあ、おれは」

「ああ」

ニールはついてこなかった。いや、ぴったり後を追ってこないだけで、距離を置いてハルヒロをつけている。振り返って目が合うと手を上げてみせたりするので、見張っていることを隠す気もないらしい。べつに今までどおりだ。

クザクたちは広場の端のほうに移動していた。

「酔っ払った兵士がセトラサンとメリイサンに絡んできてさ」

憤懣《ふんまん》やるかたないといった様子でクザクが教えてくれた。

「少し暴れちゃったよ、俺。もちろん、手加減はしたけどね」

「最悪……」

メリイは怒るというよりげっそりしているが、セトラはまったく平気そうだ。

「で？」

「うん……」

ハルヒロは仲間たちを見回した。

「これ、今まであった中で一番つまらない出来事についての話だと思って、聞いて欲しいんだけど」

「何すか、それ。かえってめちゃくちゃ興味深いんだけど。——いてっ」

クザクはセトラに顎のあたりを叩かれ、不満げに口を尖《とが》らせた。

「……や、わかってますって。いくら俺でも。軽い冗談じゃないっすか」

「クザクがいつものごとく無価値な冗談を垂れ流すように話せ、ハルヒロ」

「……了解」

ハルヒロはクザクが誰も笑わない冗談を飛ばすときのように計画を明かした。ユメの名を出したときだけは、メリイが動揺を押し隠すのに苦心していた。しかし、それ以外は皆、つまらない冗談を聞き流すようにして聞いてくれた。

「やるか、やらないかではないな」

セトラは、これ以上、戯《ざ》れ言《ごと》に付き合わされるのは御免こうむりたい、とばかりにため息をついた。

「これでけりをつけるかどうかだ」

「そうね」

メリイがうなずくと、クザクはわざとらしくふざけて、

「うぃーっす」

と応じた。キイチは、にゃっ、とおどけて短く鳴いた。

遠くのほうで、ジン・モーギスを讃《たた》える歓呼の声が上がった。

「ジン・モーギス！」

「辺境軍に！」

「俺たちはもう遠征軍なんかじゃねえ！」

「辺境軍！　辺境軍！」

「モーギス総帥に！」

「モーギス！」

酔った兵たちがあの男の名を連呼する。

「モーギス！」

「モーギス！」

「モーギス！」

その声が波のように広間全体へと広がってゆく。

モーギスは黒外套《がいとう》たちを引き連れて悠然と歩いている。

天望楼《てんぼうろう》正門付近には現在、黒外套が一人しかいない。その一人もモーギスのほうに目を向けている。

ニールとその部下の斥候兵は、相変わらずハルヒロたちを監視中だ。

ハルヒロはモーギスをぼんやりと眺めるふりをしながら、入ったな、と思う。

ランタとユメは天望楼に侵入した。そういう手筈《てはず》になっている。騒ぎになっていないということは、二人は黒外套に見つからずにやりとげたのだろう。

モーギスは天望楼正門前に設《しつら》えさせた特別席のほうに向かっている。だが、席にはつかないようだ。そろそろ天望楼に引き揚げるのか。正門の手前で、モーギスは振り返った。

「この辺境で」

朗々たる声が響き渡ると、兵たちは一斉に口をつぐんだ。

モーギスは仰《の》け反《ぞ》るようにして両腕を大きく広げてみせた。

「きみらがこれから、この辺境で手に入れるものに思いを馳《は》せるがいい。すべてだ。きみらはここで望むものすべてを手に入れる。辺境はきみらのものだ」

「モォォォォーーーーーーーーギスッ！」

一人の兵が叫んだ。

それをきっかけにして、噴き上がった熱狂が広場に渦巻き、爆発した。

「モーギス！」

「王だ！」

「ジン・モーギスこそが！」

「どうか俺たちの王に！」

「モーギス！」

「ジン・モーギス万歳！」

「万歳！」

モーギスは一つうなずいて、身を翻した。

天望楼に入ってゆく。

モーギスに従っていた黒外套四人のうち三人は正門前に残った。

「一人だけか」

セトラがそう呟《つぶや》くと、

「――っすねぇ」

と、クザクがすっとぼけた顔で言い、のびをした。

「やぁ。なんか俺、眠くなってきちゃったなぁ。明日もあるしなぁ。腹はとっくに一杯だし。寝ません？」

「そうね」

メリイがハルヒロを見る。

「部屋に戻らない？」

「うん」

ハルヒロたちはまだ盛り上がっている兵たちをかき分けるようにして天望楼を目指した。ニールと斥候兵もハルヒロたちにあわせて移動している。彼らはハルヒロたちを見失ってはいない。だが、酔い乱れる兵らが邪魔で、やや遅れている。

正門前にはもともとの一人に加えて、黒外套が四人いる。すんなりと通してくれるかどうか。

案の定、黒外套たちは行く手を遮ろうとした。

「もう疲れたんで、おれたち、早く眠りたいんだけど」

ハルヒロが平静を装って言うと、黒外套たちは目を見交わしあった。クザクが唇を舐《な》める。今さらながらハルヒロは、いいのか、と自問してしまった。

いいんだ、これで。

『決断するっつーのはよ』

義勇兵宿舎で、ランタに諭された。

『ようするに、優先順位をつけて、一番上以外のモノは潔く捨てるっつーコトだ。だいたいの場合、選びとれるのは一個だけなんだからな。アレもコレもって具合にはいかねーんだよ』

ランタのことは好きになれない。記憶を失う前も、ずっとそうだったのだろう。

『ハルヒロ、おまえは今、何が一番大事なんだ？　オレたちはどうすればいい？』

なんでおまえなんかの言うこと聞かなきゃいけないんだよ。どうしてもそんな気持ちが先に立ってしまう。

『リーダーだろ』

でも、ランタはハルヒロに向かってそう言ったのだ。

『おまえが決断すれば、何にせよ、オレたちはそのとおりにする。だから迷うんじゃねーよ。道を示せ。そうすりゃ、オレたちが目的地まで運んでやる』

何なんだよ、あいつ。

やたらと頼もしいじゃないか。

ランタのくせに。

一人の黒外套が顎をしゃくってみせた。黒外套たちが脇にどける。通っていい、ということらしい。

ハルヒロたちは正門から天望楼に入った。自分たちの部屋に向かう。そう見せかけて、二階に上がる階段を確認した。黒外套がいない。

正門の黒外套たちは外を見ている。

ハルヒロはクザクたちに視線で階段を示してみせた。クザクたちはうなずいた。

何が一番大事か。仲間だ。決まっている。シホルを救いだす。それが最優先だ。

ジン・モーギスとの関係は複雑で、これには義勇兵団の利害も絡んでくる。ついでに、ハルヒロは曲がりなりにも盗賊ギルドの助言者《メンター》だ。軽挙妄動は慎んだほうがいい。あれもこれも考えあわせれば、どうしてもそうなってしまう。

まんまと相手の術中に陥っていた。おそらく、モーギスは見抜いているのだ。ハルヒロは思いきった手を打たない。どうせ決断できない。優柔不断な男だと見なされている。そして、情けないことに、そのとおりだった。ランタに煽《あお》られなければ、ハルヒロは身動きがとれず、流れに身を任せていただろう。

ハルヒロたちは階段を上がってゆく。もう後戻りはできない。するつもりもない。

二階に上がると、仮面の男が待っていた。ユメもいる。

「……！」

メリイはユメを見ると手で口を押さえた。ユメが目を輝かせ、両手を振ってみせる。

ハルヒロは仮面の男に近づいて囁《ささや》きかけた。

「外せよ、それ」

「うっせーんだよ。……ヤツの寝室は調べたが、何もなかった」

「モーギスは？」

「三階には間違いなく上がってねえ」

「暖炉部屋かな」

「どっちにしても、一気に決めるぞ」

「ああ」

ハルヒロは先に進みかけた。足が前に出ない。ハルヒロが言うより早く、ランタが懸念を口にした。

「警備がユルユルだな。気になるか？」

「……そりゃあね」

「中止するなら今だがな」

「中止は、……しない」

「ビシッと言えねーのかよ」

「もう黙れ」

ランタは仮面の向こうで忍び笑いをして、ハルヒロの肩を小突いた。

暖炉部屋へ向かう。廊下は静まり返っている。ハルヒロたちしかいない。暖炉部屋にモーギスがいるときは、扉の前に黒外套が立っている。今はいない。念のため、扉を開けて室内をうかがった。やはり無人だ。

ということは、大広間だろう。

大広間の扉は開け放されていた。めずらしいことではない。大広間の扉には開いた状態で固定するための器具も備えつけられている。でも、今このとき、扉が開いているというのはどうなのか。

「誘われているな」

セトラが呟いた。

そう考えるのが妥当だろう。

モーギスはたぶん、ハルヒロが動くだろうと見越していた。残りの黒外套は全員、モーギスを護衛しているだろう。

「どうってコトねーよ」

ランタがうながす。

「玉《ぎょく》をとっちまえば勝ちなんだからな」

モーギスはランタとユメの存在を摑《つか》んでいないはずだ。ハルヒロとクザク、メリイ、セトラとキイチだけだと思っている。ハルヒロは、ふぅっ、と息をつく。

「行こう」

「光よ、ルミアリスの加護のもとに――」

メリイが矢継ぎ早に光の護法《プロテクション》と守人《アシスト》の光、二つの補助魔法を仲間にかける。クザクが先頭を切って大広間に飛びこんだ。ハルヒロ、ランタ、ユメ、セトラとキイチ、メリイの順で続く。

奥の壇上、玉座のような椅子にジン・モーギスが腰かけている。その左右に黒外套が二人ずつ。合わせて四人だ。思ったより少ない。

「来たか」

モーギスが椅子から立ち上がる。黒外套たちが剣を抜こうとした。モーギスは、だが、片手を上げてこれを制した。一人で壇から下りてこようとしている。

「返せよ！　シホルサンを……！」

クザクが大刀の柄《つか》に手をかけ、モーギスめがけて突撃してゆく。抜き打ちに一刀両断してしまいそうな勢いだ。

セトラとキイチ、メリイはクザクについてゆく。

ハルヒロは隠形《ステルス》して向かって左から、ランタはバッタか何かを思わせる身のこなしで右から駆けてゆく。ユメはランタのあとを追うようにして走りながら弓を構え、すでに矢をつがえている。

モーギスは剣を抜いた。いつも持っている愛用の剣だ。

クザクが大刀を抜くなり斜めに振り下ろす。

「すぁっ……！」

「ぬっ……！」

モーギスは躱《かわ》そうとした。しかし、とっさに避けきれないと感じたのだろう。剣を両手持ちして、クザクの大刀を受け止めた。

体がぐっと沈む。モーギスは精一杯踏んばって、なんとか初太刀を防いだものの、膂《りょ》力《りょく》はクザクのほうが上だ。

「――ぃえぁっ！」

と、モーギスがクザクの腹を蹴り押して、下がらせる。

「くぁっ……！」

クザクは二歩後退しただけだった。すかさずモーギスが打ちかかったが、クザクはたやすく大刀で払いのけた。

「――んなもんかよ！」

「つぅっ……！」

モーギスは剣を打ち払われた勢いを逆に利用して跳び下がる。

経験はモーギスのほうが上だろう。そのぶんしぶとそうだ。クザクが力業で圧倒しても、モーギスはどうにかこうにか凌《しの》いでみせるかもしれない。そして、クザクが少しでも隙を見せたら、反撃に転じる。勝てる、とクザクが思ったとき、かえって危ない。

勝負はどう転ぶかわからない。

これが一騎討ちだとしたら。

でも、違う。

ランタはもうモーギスをとらえようとしている。ユメは片膝立ちになった。いつでも矢を放てる。状況にもよるが、ハルヒロがモーギスに組みついてもいい。メリイも光魔法で援護できる。仮にモーギスがメリイを狙う奇策に打って出ても、セトラとキイチが守ってくれるはずだ。

完全に追いこんだ。

ジン・モーギスに逃げ場はない。

逆転の目もない。

なぜモーギスは、進みでようとする黒外套《がいとう》たちを制止したのか。

もっとも、黒外套たちが妨害してきても、結果はさして変わらなかっただろう。黒外套は熟練兵揃《ぞろ》いだが、言ってしまえばそれだけだ。たとえモーギスと黒外套たちが一斉に襲いかかっても、クザクはむざむざとすぐにやられてしまったりはしない。ランタはあのちょっと異様な動きで黒外套たちをあっさり翻弄するだろう。ユメの俊敏さ、野生の獣のようなしなやかさも、尋常ではない。さらにメリイがいて、セトラがいる。キイチも意外な形で手を貸してくれたりする。乱戦になったら、ハルヒロが背後からモーギスに忍び寄って羽交い締めにすればいい。

戦う前からモーギスは負けていた。モーギスが黒外套たちに手出しをさせなかったのは、そんなことをしても無駄だと悟ったからか。ランタとユメという戦力は計算していなかった。これはとうてい勝てない。せめて悪あがきはすまい、と思ったのか。

そんなわけがない。

モーギスが左手を前に差しだした。

「ノスタレム・サングウィ・サクリフィシ」

何と言ったのか。わからない。聞き慣れない言葉だった。まるで呪文のような。

モーギスは左の掌《てのひら》ではなく、手の甲をクザクに向けている。

その人差し指には、指輪が。指輪には、白味の強い、青い宝石が嵌《は》めこまれている。宝石には、花びらのような紋様が。

ハルヒロはあの指輪が気になっていた。おそらく前はつけていなかった。ヒヨと、開かずの塔の主と手を組んで、モーギスはあの指輪を手に入れたのではないか。借りたのか。譲り受けたのか。贈られたのか。もしそうだとしたら、ただの指輪なのか。

「あぁっ——……」

ハルヒロは思わず声をもらした。奇妙な感覚だった。たとえば、体重が十キロか二十キロ、いきなり増えたら、こんなふうに感じるかもしれない。でも、増えたというよりは、奪われた感じがする。血を流しすぎたときにやや似ているだろうか。そのぶん重量自体は軽くなっている。それなのに、体が重くて、鈍い。

そう。ハルヒロは奪われたのだ。違う。ハルヒロだけではない。奪われたのは、ハルヒロたちだ。

ランタは転びそうになって、体勢を立て直そうとしている。ユメはうなだれ、弓を下ろしてしまった。メリイとセトラは足許《あしもと》がふらついているようだ。キイチは伏せに近い恰好《かっこう》になって、尻尾が床に垂れている。クザクに至ってはバランスを崩し、尻餅をついた。

ハルヒロたちだけではないのか。椅子の左右にいる黒外套たちも、体を妙な具合に傾けたり、屈《かが》んだりしている。

はっきりと見えるわけではない。でも、ぼんやりと、ごく薄い靄《もや》のような、陽炎《かげろう》のようなものが、あたりに漂っている。漂うというよりも、流れている。

その靄か陽炎のようなものが、ジン・モーギスに向かって。ひょっとして、それらがあの男に流れこんでいるのか。

「ンンー……」

一瞬の出来事だった。

モーギスは踏みこんで、剣を振り上げた。

より正確に言えば、ハルヒロが目にしたのは、モーギスが低い姿勢から剣を振り上げたところでぴたりと静止している姿だった。

「――うぉあっ……」

床に尻をついていたクザクは、左手で右腕を押さえようとしたらしい。できなかった。押さえようにも、その右腕が斬り落とされていた。

「驚異的だ」

モーギスはそう低く呟《つぶや》いて、膝を伸ばしながら血振をするように剣を振った。

「っっっ……！」

クザクの悲鳴は声にならなかった。

今度は左腕だった。

モーギスはクザクの右腕に続いて、左腕まで斬り飛ばしてしまった。

速い、――なんてものじゃない。いくらなんでも速すぎる。

「クザク……っ！」

メリイがクザクに駆け寄ろうとする。ハルヒロは止めたかった。間に合わなかった。モーギスは五、六メートルを一歩で移動したかのようだった。そんなことはできないはずだが、そう見えた。

「やめっ……」

ハルヒロは声を振り絞った。それにしては小さな声しか出なかった。

モーギスの剣がメリイの腹部を貫いている。

「かっ……――」

メリイは何を言おうとしたのだろう。

モーギスが無造作に剣を引き抜くと、メリイはくずおれた。モーギスは笑った。

「なんという……！」

初めて見る笑い方だった。

あれはどういう感情の発露なのか。見当もつかない。左右の目、眉、鼻孔、口などが、それぞればらばらの方向に引っぱられたり、ゆがめられたりして、笑っているように見えなくもない。そんな表情だ。

モーギスは跳躍した。人があんなふうに跳べるとは思えない。信じたくない。けれども、信じるしかない。

「うごッ……!?」

まずランタがモーギスに蹴飛ばされた。あまりにも速すぎてよく見えなかったが、ランタはたぶん、左の肩口から首のあたりに蹴りを叩《たた》きこまれた。仮面が外れ、ランタは倒れこむというより床に突っこんだ。

そして、次の瞬間にはもう、モーギスはユメに回し蹴りをぶちこんでいた。

「っぬっ……!」

ユメは腕で防御しようとしたみたいだ。それでなければ、横っ面をまともに蹴られていただろう。でも、腕がへし折られたのではないか。かなり嫌な音がした。ユメはそのうえ吹っ飛ばされて、床に転がった。

ハルヒロはただただ茫然自失《ぼうぜんじしつ》していた。

セトラはそうではなかった。槍《やり》でモーギスを突こうとしたのだ。

だが、繰りだされた槍の先にモーギスはいなかった。

モーギスは左手で槍の柄を握り潰した。その瞬間、槍を手放して後ろに体を倒したセトラの反射神経は、並大抵ではない。

「――っ……!」

右か左に逃げようとしたのだろうセトラの胸を、あろうことかモーギスが踏みつけた。

キイチがすさまじい怒声を発してモーギスに飛びかかる。

「だっ――……」

言葉の無力をこれほどまでに痛感したことがあっただろうか。

ハルヒロは、だめだ、と言おうとした。そんなことをしてはいけない。それは、だめだ。絶対にやっちゃいけないことなんだ。

モーギスはキイチを見もせず、軽々と剣を振って輪切りにした。

「きっ――……」

セトラが口にしようとした言葉もやはり無力で、しかも、途切れてしまった。

モーギスの仕業だ。モーギスは剣を逆手に持ちなおした。そして、垂直に下ろした剣でセトラの喉頸《のどくび》を刺し貫いた。

「何人だ？」

ジン・モーギスはセトラを踏みつけたまま、ハルヒロのほうに顔を向けた。

「何人殺せば、きみらは私に忠誠を誓う？　今なら、取るに足らん獣一匹。犠牲は最小限だ。あとは神官の治療で助かるかもしれん。捨て置けば――」

「……うぁっ、くあぁぁっ……」

両腕を失ったクザクが苦悶《くもん》しながら立ち上がろうとしている。立ち上がってどうするのか。いったい何ができるというのだろう。

ランタは痙攣《けいれん》している。たった一蹴りであれか。

　ユメはやはり腕が折れているらしい。右腕、左腕、両方ともだ。

「光、よ、ルミアリスの、加護の、もとに……」

　メリイは自分に癒し手《キュア》を使おうとしている。まず自分自身の傷を治さないと、仲間の命を救うこともできない。

　でも、モーギスがその気になれば、今、メリイの息の根を止めてしまえる。そうすれば、誰も助からない。

　ハルヒロは心の底からあの男を恐れた。わざとに違いない。

　ハルヒロだけが無傷だ。何もされていない。おかげで仲間たちの痛みをよりいっそうまざまざと感じる。

　正直、ハルヒロにとっては、自分が死に瀕《ひん》しているよりもずっと切実だ。

「わかった」

　ハルヒロは首を横に振った。

　無理だ。

　拒めない。

　屈服する以外、ない。

「忠誠でも何でも、誓うから。……殺すな。一人も殺さないでくれ」

モーギスは、チッ、チッ、チッ、と舌を鳴らした。不満を表明している。

これ以上、どうしろと言うのか。

ハルヒロは膝をついて頭を下げた。

「……忠誠を、誓います。仲間を、殺さないでください。……お願いします」

「これが最後だ」

ジン・モーギスはようやくセトラの胸から足をどけた。

「次はないぞ」

18. 僕が知らなかった君のこと

クザク、メリイ、セトラ、ランタ、ユメには、黒を基調とした色合いの装備が支給された。メリイは戦闘用の杖《つえ》、セトラは槍と長剣、ユメは十分な数の矢も与えられた。ハルヒロはもともと黒革の外套《がいとう》を身につけていたが、他も全員、黒外套をつけるように命じられた。拒むことはできない。言われたとおりにするしかなかった。

夜が明ける前に、オルタナに掲げられていた軍旗が新しいものに交換された。新たな軍旗は、黒地で赤い月と剣が象《かたど》られている。

午前六時に鐘が鳴った。

遠征軍は辺境軍となり、ジン・モーギスは総帥の座に就いた。

鐘が二回鳴るころ、ヒヨが天望楼《てんぼうろう》を訪れた。総帥に敬意を表して挨拶し、食事をとりがてら歓談したようだ。

鐘が三回鳴ると、総帥はヒヨと斥候兵ニール、黒外套ら、百数十名を連れてオルタナを出た。正午にはダムロー旧市街の会見場でゴブリン族の王と会うことになっている。ヒヨとウゴスを交えた会談がつつがなく終われば、ジン・モーギスとモガド・グァガジンの名において、辺境軍とゴブリン族との間で同盟が成立する。

「――アンニャロォ。コケにしくさりやがってよォ……」

天望楼正門前にしゃがんでいるランタがぼやく。例の仮面は一応つけているが、額までずらしている。邪魔くさいのなら、そんなものつけなければいいのに。

「でもさ……」

クザクは正門の右脇で外壁に背を預け、右手で左腕を、左手で右腕をさすっている。

「手も足も出なかったからね。こけにされてもしょうがないっすよね……」

「アホゥッ！」

ランタがクザクを怒鳴りつけた。人をアホ呼ばわりするからには根拠を示して欲しいものだが、何も思いつかないのだろう。

「アホゥがよォ……」

ランタはそう繰り返すだけだった。

セトラはクザクの隣に突っ立っている。昨夜から極端に口数が少ない。声をかけても、ああ、とか、うん、といった答えしか返ってこない。

正門の左脇に寄り添って立っているメリイとユメは、見るからにぼんやりしている。魂が抜けているかのようだ。

ハルヒロはすぐそばにあるランタの背中を足蹴にしたくなった。蹴りはしないが。なぜこの男は一人だけしゃがんでいるのだろう。頭にくる。でも、こんなのは八つ当たりでしかない。

ハルヒロたちは天望楼の警備を命じられた。まあ留守番だ。人間族とゴブリン族が同盟を結ぶという歴史的瞬間に立ち会えなくて残念かというと、まったくそんなことはない。そこは正直どうでもいいのだが、ハルヒロたちは力ずくで服従させられた。ジン・モーギスに心服しているわけではないのだ。総帥もわかっているだろうに、あえて自分がいない間、天望楼を守るという役目をハルヒロたちに与えた。

ランタではないが、ずいぶんこけにされている、と感じずにはいられない。

うまくいくはずだったのに、目論見《もくろみ》が外れた。大失敗だ。シホルを奪回するどころか、キイチを殺された。飼い主はセトラだが、ハルヒロもキイチとは心が通じあっていたと思っている。かなり助けられた。いて当然の存在だった。目をつぶるとキイチが斬り殺された場面、斬殺されたキイチが浮かぶ。体の内側を焦がすような怒りが湧いてくる。ジン・モーギスが憎い。恐ろしくもある。あの異常な力は何なのか。人間業じゃない。ハルヒロたちは皆殺しにされていてもおかしくなかった。どうして命拾いしたのか。

あの男が殺さなかった。ただそれだけだ。

逆のはずだった。

その気になれば、ハルヒロたちはあの男の命を奪える。でも、そうすることで不都合が生じるから、やらなかった。

そうではなかったのだ。いや、そうではなくなったのか。

「……指輪。あの指輪の力か」

引っかかってはいた。ジン・モーギスが左手の人差し指に嵌《は》めている指輪。そうだ。ハルヒロは疑っていた。

「遺物《レリック》……」

「だろうな」

ランタが、ヘッ、と自棄《やけ》になったように笑う。

「とんでもなく強ェーヤツはかなり見てきたがな。アレはモノが違ってたぜ。それに、なんッか変だっただろ」

「変って」

ハルヒロが訊《き》くと、ランタは顔を振り向かせて、

「急に力が抜けるっつーかよ。そんな感じ、しなかったか？　それとも、鈍チンのテメーにはわからなかったのかよ？」

「……感じたよ。ていうか、いちいちけなさないと話せないんだな」

「オレだってけなしたくてけなしてんじゃねーっつーの。けなさざるをえねーから、仕方なくけなしてんの。わかるか？　けなされたくねーんなら、けなさせるな。そうすりゃ、けなされなくておまえはハッピー、わざわざけなさなくていいからオレもハッピー、オールオッケーなんだよ」

「そうやって何もかも他人《ひと》のせいに――」

言い返しかけて、ハルヒロはやめた。ため息をつく。落ちついて、考えよう。今はそれくらいしかできることはない。

「……そうか。そうだったな。あの場にいたおれたち全員、……おそらく黒外套も、何ていうか、弱くなった。そのぶん、モーギスが強くなったみたいに感じた……？」

「いや」

ランタは首を振って、下を向いた。

「……感じたってだけじゃ説明がつかねえ。速く見えたってレベルじゃなかっただろ。実際、速かったし、激強《ゲキツヨ》だった。……オレらが弱くなったぶん、あのヤローが強くなりやがったのか……？　たとえば、一人のパワーを仮に十として、オレらは八とか七になった。減ったぶんをあのヤローが総取りして、パワーアップしやがったんだとしたら。……感覚的にはつじつまが合う気がするな」

「そんな……」

理不尽なことが起こるのか。

ありえない、とは言えないだろう。

「遺物《レリック》、か。……あんなものを持ってる限り、モーギスは――」

「ソイツはどうだかな」

ランタは顔を上げた。上目遣いで空を睨《にら》みつけている。

「あの指輪が遺物《レリック》で、オレが想定したとおりの力を持ってるとする。ヤツは遺物《レリック》を自分で手に入れたのか？」

「……違う、と思う。きっと、ヒヨが、……開かずの塔の主だとしたら。——使ったら無敵になっちまうようなどえらいブツを、貸しただけにせよ、やったりするか？　相手は親兄弟でも、絶対に裏切らねーダチでもねえ。ジン・モーギスは野心滾《たぎ》らせまくりのあからさまにヤベェーヤツだぞ？」

「だとしたら、だ。オレが開かずの塔の主だとしたら。開かずの塔の主が渡した」

「まあ、……おれなら、やらないけど」

「何か穴があるんじゃねーか？」

「穴……」

「欠点っつーかな。制限があるとか、デメリットがあるとか。……指輪の効果はいつ切れた？　メリイの魔法で怪我《けが》が治ったときには、もう脱力感みてーのはなかったな」

ハルヒロは頬をさわった。

「……正直、わからない。でも、たしかに、おれたちはあっという間にやられた。あのあと、モーギスは大広間から出ていって、……メリイが治療を始めたころには、体が重いとかそういうのは、おれもなかったと思う」

「効果の持続時間が短いのかもな。連続使用は可能なのか？　無理なら、ここぞってトキしか使えねえ。だからヤローは、オレたちを誘《おび》きよせたのかもな。オレたちが大勝負に打って出るタイミングこそが、ヤツにとっちゃーまさに指輪の使いどころだった……」

「おれたちは、……モーギスの掌《てのひら》の上で踊らされたってことか」

「ヤツの手の内を知らなかったからだ」

　ランタは立ち上がり、パチン、と指を鳴らした。

「オレらにも、このオレ様とユメっつーヤツが知らねー駒があった。だが、ヤツの奥の手を打ち破っちまえるほどの威力はなかった。――今回はな」

　振り返り、ランタはクザクたちを見回した。顔をゆがめ、ハッ、と嘲笑《あざわら》う。

「揃《そろ》いも揃って、腑《ふぬ》抜けたツラしくさりやがってよ。情けねーな。こんなしみったれた連中を率いてあのクソヤローをぶっ倒さなきゃならねーのか。先が思いやられるぜ」

「……へっ？」

　クザクはぽかんと口を開けた。

「率い……？」

　と、メリイが訝《いぶか》しそうな顔をする。ユメは何度もまばたきをした。

「……ほ？」

　セトラは無表情だ。見るともなくランタを見ている。

「オレがやるしかねーだろうが」

ランタはまず天を指さし、それからその人差し指を自分の胸に突き立ててみせた。

「落胆失望、意気消沈、戦意喪失した腰抜けの弱虫ヤローが、おまえらを引っぱっていけると思うか？」

その腰抜けの弱虫ヤローとは誰のことなのか。

当然、ハルヒロだ。

ひどい言われようだが、ちっとも腹が立たない。反論の余地がないからだ。ランタは明らかにハルヒロを挑発している。それなのにハルヒロは抗弁することすらできない。だって、しょうがないだろ、と言い訳する気力さえない。

「おまえも」

ランタは顎をしゃくってクザクを示す。

「おまえも」

そして、メリイを。

「おまえも、おまえも」

と、ユメを、セトラまでも。

「どいつもこいつも、似たような有様だがよ。だからこそ、だ。腑抜けどもが腑抜けに指揮統率されたところで、腑抜け度合いが指数関数的に増大するだけじゃねーか」

「いや、でも……」

クザクは口ごもってうつむいた。ランタは笑う。

「オレ様は違うぜ？」

なんとも悪そうな笑みだ。

わざと悪ぶっている、偽悪か。それとも、自分の醜悪さを隠さない、露悪なのか。

「潜《くぐ》り抜けた修羅場は数知れねえ。オレはありとあらゆる地獄を見てきたんでな。この程度でへこたれるほどヤワじゃねーんだよ。つーかな。だいたいおまえら、なんでそんなにへコんでやがるんだ？　オレに言わせりゃあ、ちょっと変だぞ」

「……変？」

ハルヒロは思わず訊いた。

「変って、……どこがだよ。状況が状況だし、ちっとも変じゃないだろ」

ランタはわざとらしくため息をついてみせた。

「記憶がなくなっても、ホンットに代わり映えしねーな、パルピロ、おまえってヤツはよ。自分が最後の一人になったワケでもあるまいし——」

一人になったわけじゃない。

ランタがどういう意味でそう言ったのか。ハルヒロにはわからない。想像することもほとんどできない。

ランタと袂《たもと》を分かった経緯は、なんとなくメリイから聞いている。でも、正確に理解してはいない。自分の感情も。ランタの気持ちも。ランタはジャンボというオークを中心とする組織フォルガンに加わったはずだ。その後、何があったのか。なぜ、どうやって、帰ってきたのか。

わからないが、ランタはある期間、一人だったに違いない。

ハルヒロは記憶を失って目を覚ましたときも、仲間たちと一緒だった。少なくとも、孤独ではなかった。

もちろん、今も一人ではない。

「ヘコむ要素がどこにある？」

ランタはハルヒロの胸倉というか、外套《がいとう》の襟ぐりをつかんだ。

「ショボくれてんじゃねーぞ、タコ？　おまえがそんなザマだと、腑抜けどもがいつまでも腑抜けたままだろうが。それならいっそ、このオレ様が引きずり回してやるって言ってんだよ。文句あるか？」

「文句、は……——」

「どうなんだ？　アァ？　オレはおまえほど甘っちょろくねーし、やさしくもねえ。だがな。オレは止まらねえ。生きてる限り、進みつづけるぜ。おまえはどうだ？」

ランタはたしかに甘くない。やさしくもない。

おまえはリーダーだろ。だったら、やるべきことがあるんじゃないのか。何もできないのなら、失格だ。リーダーなんかやめてしまえ。ランタが言わんとしているのはそういうことだろう。正論だ。

でも、ハルヒロも人間だ。どちらかと言えば、というか、確実に凡人なのだ。つらいときもある。苦しければ、普通に挫《くじ》けてしまいそうになる。だめなのかよ。いつも強がっていないといけないのか。

そのとおりだ、とランタは突き上げてくる。できないのなら、みんなを引っぱっていけないのなら、そこから下りればいい。

オレが代わってやるから、と。

「……めんどくさいやつだな、おまえ」

「ハァッ!?　いきなり何だ!?」

ランタはやさしくない。

本当にそうなのか。

甘くはない。けれども、ランタなりに仲間のことを考えている。

「ずっとそんな感じだったのかよ」

「な、何がだ!?」

「おれはずっと、おまえのこと、……ちゃんとわかってなかったのか」

「ハアァァーーッ!?」

ランタはハルヒロを突き放した。

「き、ききッ、気色悪ィーぞ、おまえ!? おォォォおかしくなったんじゃねーの!? もともとおかしかったワケだけどな……」

「余計なお世話だよ」

ハルヒロはあえて少しだけ笑った。苦笑いでも、セトラの気持ちを考えると胸が痛む。しかし、押し潰されたような精神状態に浸って、このまま沈みこんでいるわけにはいかない。凡庸でも、ハルヒロはリーダーなのだ。

リーダーでありたい。

そう思うだけの理由が、ハルヒロにはある。

一人ではなかった。

きっと、どんなときも。記憶を失う前も、失ってからも、ハルヒロは一人きりではなかったのだ。

だから、今日まで生きてこられた。

仲間たちがいたからだ。

ハルヒロがリーダーとしての役割を果たすことで、少しでも仲間たちの力になれるのなら、そうしたい。

「ランタ」

「なッ、何だッ!?」

「おまえに代わってもらうつもりはない。おれが生きてる間はね」

「……そういうネガティブ発言、付け加えるんじゃねーっつーの！」

「想定はしておかないと。もしおれに何かあったら、みんなを頼む。おまえ、やたらとしぶとそうだからさ。おれより先に死ぬって、まずありえないだろ」

「あッたりめーだッ！　オレはいつの日か不老不死の存在になって、世界制覇をなしとげる予定なんだからなッ！」

「……すっげー予定……」

クザクが呟《つぶや》いて失笑し、慌てたように手で口を覆って隣のセトラに目をやった。

セトラはハルヒロを見つめている。かすかにうなずいた。わかっている。私は大丈夫だ。ハルヒロにそう伝えようとしている。

たぶん、大丈夫ではないはずだ。大丈夫なわけがない。でも、セトラは気遣われたくないだろう。悔やんでも嘆いても無駄なのに、襲いくる悲しみ、虚無感にあらがえない。きっとセトラは、そんな自分が誰よりも歯がゆいのだ。

ハルヒロがうなずき返すと、セトラは唇の端を少しだけ持ち上げた。

鐘が鳴りだした。

「おひるかあ」

ユメが空を仰ぐ。

南征軍に攻め落とされる前、オルタナでは午前六時から午後六時まで、二時間おきに時鐘が鳴らされていた。ジン・モーギスは遠征軍が辺境軍となり、自身が総帥になった今日から、その鐘を復活させた。

「そろそろね」

と、メリイが言う。

予定どおりなら、今ごろダムロー旧市街の会見場で、ジン・モーギスがモガド・グァガジンと顔を合わせているはずだ。辺境軍とゴブリン族との間で同盟が成立する。

「ヤローが次に打つ手は何だ？」

ランタは先へ、先へと思考を進めようとしている。そうやってハルヒロを急《せ》きたてる。尻を叩《たた》かれつづけているようで、気が休まらない。それでいいのかもしれない。置かれた状況に比して、ハルヒロはあまりにも平凡だ。人の二倍、三倍、それ以上、骨を折らなければ、どうにもならない。本当は骨なんか折りたくないが、ランタに発破をかけられて、やらざるをえなくなる。それくらいでちょうどいいのかもしれない。

「次は、……お嘆《なげ》き山《やま》かな」

「っつーコトは、だ——」

言いかけたランタが口をつぐむ。

ユメが天望楼《てんぼうろう》前の広場に目を向けた。

「オリオンやん」

「え？」

ハルヒロはユメの視線の先に視線を転じた。白い外套をつけた一団が列をなして広場を歩いてくる。二十人以上いるだろう。先頭の男が手を挙げてみせた。

「……シノハラさん」

一瞬、ハルヒロは混乱しかけた。

モーギスたちが不在の間に、シノハラがオリオンを連れて天望楼にやってきた。この出来事をどう解釈すればいいのか。シノハラは義勇兵団の中心人物の一人だ。ランタとユメも昨日まで義勇兵団にいた。シノハラはおおよその事情を知っている。義勇兵団と辺境軍は今のところ対立していない。歩調を合わせている。シノハラは当然、敵ではない。頼もしい味方のはずだ。

それでいて、ハルヒロは漠然とした不信感を抱いている。

シノハラたちは天望楼正門前で足を止めた。

「ハヤシ……」

メリイがぽつりともらした。

「ああ」

と低い声で応じたオリオンの男が、かつてメリイの仲間だったハヤシなのだろう。

シノハラはハルヒロたちを見回した。

「仕掛けて、失敗した、ということのようですね」

「想定外の事態があったもんでな」

ランタはふてくされたようにそっぽを向いて言う。

「ヤロー、遺物《レリツク》を持ってやがった。しかも、とんでもねー代物だ」

遺物《レリツク》、と聞いて、オリオンの男女はざわついた。

「そうですか」

シノハラは落ちついているように見えた。うがちすぎだろうか。

「遺物《レリツク》を。彼も力をえましたか。やはり、当面は手を携えて進むしかなさそうだ」

「あの」

ハルヒロが声をかけると、シノハラは瞬間、微笑《ほほえ》んだ。

たぶん、微笑しかけて、すんでのところで表情を消した。

「何でしょう」

「……え、と。シノハラさんたちは、何をしに、ここへ？　ジン・モーギスはモガド・グァガジンと会ってます。天望楼にはおれたちしかいない。どうしてそんな大人数で」

「帰りを待って、総帥就任のお祝いを、と思いましてね」

シノハラは、今度こそ笑みを浮かべた。

「むろん、無条件で心の底から祝福するつもりはありません。きみたちの事情も承知しています。行動を起こしたことを責める気はない。私もきみたちの立場なら、同じことをしたかもしれません。できれば一言、相談して欲しかったですが、近くにいたわけでもない。ともあれ――」

と、シノハラはハルヒロの肩に手を置いた。

「生きているきみたちに会えてよかった」

「いや……」

ハルヒロはちらりとセトラの表情をうかがった。セトラは目を伏せて、何か思案を巡らせているようだ。

「……で、モーギスに挨拶するだけ、ですか？　それなら、シノハラさん一人でも」

「辺境軍とゴブリンが手を結べば、お嘆き山を攻撃する準備が整います。義勇兵団と辺境軍との共同作戦という形になるでしょう」

「その要請を？」

「私はもっと辺境軍の懐に入りこむ必要があると考えています。きみに橋渡しを期待していましたが、過大な期待でした」

シノハラは一度、ハルヒロの肩から手を離し、ふたたびつかんだ。

「結果的にきみたちを苦しめてしまった。反省しています」

「それは、まあ……」

この薄ら寒さは何だろう。考えてみれば、シノハラとここまで近い距離で接したのは初めてかもしれない。シノハラはうっすらと笑っている。どうして笑っているのか。本当に笑っているのだろうか。

シノハラはハルヒロを見すえている。シノハラの少し色が薄い瞳には、ハルヒロが映っている。

でも、どうしてか、見られている感じがしない。

「我々オリオンは、モーギス総帥に辺境軍への加入を希望します」

シノハラは笑い顔のままだ。

表情だけなのではないか。

この人は笑ってなどいない。

「総帥は我々を拒まないでしょう。これからは同僚ということになります。よろしく、ハルヒロ」

あとがき

終章ということで、前巻からロゴを含めて表紙の雰囲気を変えたり、違った書き方をしてみたり、いろいろな試みをしています。どうでしょうか。もっと楽しんでいただけるように、これからもどんどん趣向を凝らしてゆこうと思っています。

なお、このあとがきのあとに続く掌編ですが、#1は14++の後日譚《たん》のようなものです。#2はまあ、何でしょうね。微妙に次巻予告みたいな要素もそこはかとなくあるような。いずれにしても、本編読了後に読んでいただければと思います。

それでは、担当編集者の原田さんと白井鋭利《しらいえいり》さん、KOMEWORKSのデザイナーさん、その他、本書の制作、販売に関わった方々、そして今、本書を手にとってくださっている皆様に心からの感謝と胸一杯の愛をこめて、今日のところは筆をおきます。またお会いできたら嬉《うれ》しいです。

十文字《じゅうもんじ》　青《あお》

＃1　月下の狼と仮面の男

「──クソッタレ！　もうおっぱじめてやがる……！」

仮面の男は駆ける。息せき切って疾駆する。

向かう先でオルタナが燃えている。仮面の男は帰ってきたのだ。とうとう、オルタナに。

感慨はない。感慨に耽《ふけ》ってはいられない。

防壁はもうとっくに突破されている。あちこちに梯子《はしご》が掛けられ、フォルガンの連中がどんどん防壁を越えてゆく。彼らを手当たり次第に斬って捨てたところで、さして意味はない。自殺行為でもある。全員が全員ではないが、フォルガンには手練《てだ》れが相当数いる。一度に大勢の腕利きを相手にする羽目になれば、仮面の男とて無事ではすまない。仮面の男は大胆不敵だが、無謀ではない。

足を緩める。止まりはしない。小走りに移動しながら、息を整える。仮面の男ともなれば、歩きながら仮眠することとすら可能だ。そうやって無理にでも休息をとらないと、生き残れない。それくらい過酷な状況がざらにあったということだ。

「我流、瞬身絶空《しゅんしんぜつくう》──」

素早くフォルガンの連中に混じって、梯子を上る。防壁の向こう側に下りても、連中は仮面の男が仲間ではないことに気づかない。かつては一時期、仲間だったわけだが。

あちこちの建物から火の手が上がっている。ただ、この北区はとくに石造りの建物が多い。大火事にはならないだろう。フォルガンもオルタナを焼き払うつもりはないはずだ。焼き討ちで混乱を招き、それに乗じて仕事をしようとしている。

これはフォルガンにとって、あくまでも仕事でしかない。フォルガンを率いるジャンボはオークだが、いわゆるオークとは違う。少なくともジャンボ自身は種族で分け隔てしない。フォルガンの論理は単純明快で、仲間か、それ以外か。彼らにとって、仲間は家族に等しい。フォルガンは彼らの終《つい》の棲家《すみか》なのだ。

もっとも、死ぬ場所はフォルガンであったとしても、生まれ故郷は別にある。天涯孤独の者ばかりではない。血を分けた親兄弟が生きていれば、いくばくかの情はあるだろう。とりわけオークという種族は王国を形成しているものの、氏族社会の特色を色濃く残している。何らかの事情で郷里を捨てても、肉親に対して拭いきれない情念を抱いているオークは少なくないようだ。

まさしくそこに付け込まれて、フォルガンはこの戦いに加わらざるをえなくなった。

仮面の男はわざわざフォルガンのオークを捕まえて聞きだしたのだ。ディフ・ゴーグンとかいうオークの王は、自分になびいた者には寛容で気前がいい。しかし、刃向かう者には容赦しない。得意技は誘拐、脅迫、拷問。親族を人質にとって言うことを聞かせるのが常套手段《じょうとうしゅだん》だ。ディフ王は人質専用の大規模な収容所まで所有しているらしい。

フォルガンの少なからぬオークたちも、まんまとそんな汚いやり口の餌食になったというわけだ。ディフ王の軍に加わるか。仲間の、――家族の親兄弟たちを、見殺しにするか。二者択一を迫られて、ジャンボは苦渋の決断をした。

らしくねえ、と思わずにいられないが、仮面の男はフォルガンではないし、言えた義理ではない。

仮面の男は聡明《そうめい》だから、自分にフォルガンを止める力がないことは承知している。だったら、――オレは何をしてやがるんだ？　いったいオレはどうしたい？　こんなことをして何の意味がある？

北門からのびる通りの先に、フォルガンのオークや不死族《アンデッド》が何やら密集している。何者かが彼らを相手どって大立ち回りを演じているのか。

きっと義勇兵だ。

ひょっとして、と仮面の男は思った。ひょっとして、何だというのか。知り合いだとでも？　その可能性もなくはない。だから？　知り合いだったら、それが何だ？

どうしたもこうしたも、気になって悪いかよ。

フォルガンの連中をかき分けて前に出る。これは愚策だ。ならば、どうする？

このあたりの通りに面している建物は燃えていない。仮面の男は迷わなかった。建物の外壁を駆け登る。屋根の上から見渡すと、――いた。

義勇兵。髪が長い。女だ。

「ッ……」

仮面の男はかきむしるように胸を押さえた。心臓に手が届いたら、摑《つか》みだして握り締めたかもしれない。

彼女の名を呼びそうになった。すんでのところでこらえた。彼女だけではない。オークでも、不死族《アンデッド》でもない、人間がもう一人いる。

隻腕の男が彼女と対峙《たいじ》している。

一騎討ちに及んでいるのか。

彼女は大ぶりのナイフしか持っていない。隻腕の男は刀を手にしている。

「アンニャロォ……」

女相手にどういうつもりだ。いや、しかし、あのオッサンに女をいたぶる趣味はない。というか、弱者には憐《あわ》れみを覚えることこそあれど、わざわざ自分で斬って捨てようとはしないはずだ。女だろうと何だろうと、斬るだけの価値がある、と見なしているということだろう。隻腕の上、隻眼だが、あのオッサンの見る目は確かだ。

「強くなったってコトかよ。だけどな……」

彼女がナイフを捨てた。わざとか。素手でどうするつもりなのか。彼女が進みでると、オッサンが刀を動かしはじめた。

「見よ、我が秘剣」

仮面の男もあれは知らない。あの刀の動きは何なのか。

舞うような。あるいは、散るような。

「――秋蜉蝣《あきかげろう》」

彼女が誘われるようにオッサンへと突進してゆく。ように、ではなく、たぶん本当に誘いこまれているのだ。オッサンの刀が彼女を幻惑している。

何しやがるんだ。アイツに、何を。

このままだと、彼女は斬られる。あのクソで変態なオッサンでも、そこまではしないだろう。そうは思わない。あのオッサンならやる。やりかねない。やらせはしねーがな。

「我流！」

仮面の男は刀を抜いて、跳んだ。オッサンめがけてまっしぐらに落ちてゆく。

「大穢《おおえ》土《ど》大瀑布《だいばくふ》……！」

仮面の男の刀とオッサンの刀がまともに衝突する。

「ぬ……！」

とっさに手から離れそうになった刀を握り止め、大振りとはいえ、着地した仮面の男を狙ってきたのはオッサンの面目躍如といったところか。

「――貴様……！」

「乱れてんぞ、オッサン！」

仮面の男は体をよじってオッサンの刀を躱《かわ》した。すかさず撃ち返す。タカサギのオッサンはこれをなんとか刀で受け流したが、体勢が十分ではない。崩れている。

「おらおらおらおらァ……！」

連撃、連撃、連撃に次ぐ連撃で、攻める、攻める、攻めたてる。これだけ初手から不利でも、タカサギはただのオッサンではない。不完全ながらも防ぐ。紙一重でよける。持ちこたえ、しのいで、針の穴のようなわずかな隙を抜け目なくうかがっている。わかってんだよ。あんたのことは。何回、戦《ヤ》ったと思ってやがる。タカサギは向かって左、低めから入ってくる攻撃をやや苦手としていて、反応が遅れがちだ。かといって、そこばかり攻めたらあっという間に慣れてしまう。あくまでも、やや苦手というだけであって、致命的なほどの弱点ではない。だから、他の攻撃を織り交ぜるのだ。弱点を衝《つ》くぞ、衝くぞと見せかけて、衝かない。衝いてこねえのかよ、とタカサギが思ったところで、衝く。

「くっ、つぉっ……！」

タカサギが下がる。反撃してこない。違う。できないのだ。仮面の男があのタカサギを追いこんでいる。

「うぉらァッ！」

と、左下段を狙う。

「――チィッ！」

タカサギは刀で弾《はじ》いた。そうではない。弾かせたのだ。

仮面の男は刀を両手持ちした。

「我流！　飛雷神《ひらいしん》……！」

諸手《もろて》突きだ。何発いける？

考えるな。超えるぜ、限界。

ぶちかませ。

「おぉ!?　おおぉっ……!?」

タカサギも瞬時に制限装置《リミッター》を解除した。仮面の男にはそれがわかった。さもないと、勝負がつく。タカサギはそう判断したのだ。

すげえ。

凝縮された一瞬の間に、いったいタカサギはいくつの防御動作をとったのか。仮面の男が繰りだしたのは八連突き。仮面の男の刀とタカサギの刀が接触した回数は、計四回。仮面の男が切断したタカサギの毛髪は十二本。タカサギの右頬にかすり傷が一つ。

それだけだった。

誓って言える。仮面の男は決めにいった。ここで終わらせてやる。そのつもりだった。

結果が、これだ。

タカサギは無様に尻餅をついた。

それなのに、笑ってやがる。

仮面を外したら、自分も同じだという自覚はあった。鳥肌が立っている。仮面の男は刀の峰を自分の肩に当てた。

「立てよ、オッサン」

タカサギは気どりもせずに立った。喉を鳴らし、えらく楽しそうに、声を出して笑っても、まるで恥じていない様子だ。

「行く先々でちょろちょろしやがって。ほざくようになったじゃねえか、ランタ」

「バッ……！　言うんじゃねーよ、わざわざ顔、隠してんだから！」

「ばればれだろうが」

「そッ、そんなことねーよ！」

ランタはちらっと振り返った。彼女がこっちを見ていた。

ひどい顔だ。

傷だらけだし、血やら汗やらで汚れ、ぐちゃぐちゃで、それから、――それから、泣いているようにも見える。

ランタはすぐに目をそらし、前に向き直った。

「動けんだろ」

「……う、うん。動ける」

「よし。だったらついてこいよ」

「ついてこい、だ……？」

タカサギが刀の切っ先をこちらに向ける。

「逃げるのかよ、ランタ。いくらなんでも、俺を舐《な》めすぎだぞ。この状況で、逃げられるとでも思ってんのか？」

「そっちこそ、このオレ様を舐めるんじゃねえ」

ランタは仮面の奥でニヤリと笑い、刀を鞘《さや》に納めた。ぼろぼろの外套《がいとう》の裏側や衣類のポケットなどに隠してあった刀子、剃刀《かみそり》、釘《くぎ》、石礫《いしつぶて》等々を、摑めるだけ引っ摑む。

「我流、戦塵乱風《せんじんらんぷう》……ッ！」

跳躍し、回転しながら、刀子やら剃刀やら釘やら石礫やらをタカサギやオーク、不死族《アンデッド》たちめがけて投げつける。言うのは簡単だが、実際やるとなったら難しい。ランタはいつか必ずこの技を使う機会があるに違いないと信じ、折にふれて練習していた。その成果が今、出た。

「なっ、――くそっ……！」

タカサギが刀で刀子を払う。

そのときにはもう、ランタは着地して駆けだしている。

ランタは戦塵乱風の最中に包囲が甘い箇所を見つけていた。オークとオークの間に突っこみ、走り抜ける。ふたたび刀を抜いて、その先にいた不死族《アンデッド》を斬ると見せかけ、懐に飛びこんで押し転ばす。振り向いて確認するまでもない。ユメはついてきている。それどころか、途中からはランタと肩を並べてオークや不死族《アンデッド》を蹴倒したり、蹴転がしたりしはじめた。なんて足癖の悪い女だ。

「最高じゃねーか……！」

「ぬう!?　なんかゆうたあ!?」

「なんも言ってねーよ！」

「ランタ、てめえ……！」

タカサギが負け犬よろしく遠吠《とおぼ》えしている。

少しだけ、嬉《うれ》しそうに。

気持ち悪ィーんだよ、オッサンが。心配するな。あんたの息の根はそのうちオレがきっちり止めてやっから。それがあんたの望みなんだろ。老いぼれて何もわからなくなってくたばるのも、長患いをして弱って死ぬのも、ある日、眠ったら、そのまま目が覚めなかった、みたいな楽な逝き方も、あんたはごめんなんだよな。

最期には、これが自分の終わりだと納得したい。

どうせなら、自分が育てたヤツの手で幕を引いて欲しい。

人間、衰えを自覚せざるをえなくなったら、そんな考えに取《と》り憑《つ》かれたりするものなのか。ランタにはまだわからない。だが、そのときが来たら、お望みどおり殺してやる。今ではない。それはまだ先だ。ひょっとしたら明日かもしれないが、今日ではない。

ランタはまんまとフォルガンの包囲網を突破すると、路地に入りこんだ。

「息、上がってねーか!?」

「そっちはどうなん!?」

「余裕ありそうだな、一回、オルタナから出るぞ!」

オルタナ中を見て回って情勢を把握したい。そんな欲求がないとは言わない。だが、ランタの勘が告げている。

この戦は負けだ。オルタナは陥落する。市内に留《とど》まっても危険なだけだ。ランタ一人ならいい。なんとでもなる。しかし、——ユメがいる。

北門はとっくに破られているだろうが、逃げだそうとする者を狙う連中がきっといるだろう。防壁上はもはや主戦場ではないどころか、ほとんど戦闘が行われていない。内側から防壁に上がる階段や梯子《はしご》はいくつもあるし、防壁の上に出てしまえば向こう側に下りるのはたやすかった。

ランタとユメは北の森へと向かった。

森に足を踏み入れる寸前に、ユメが振り返ってオルタナを見た。

「行くぞ」

ランタはユメの手首を摑《つか》んで引っぱった。ユメは逆らわなかった。

森を包む深い闇はランタの味方だった。めっきり自己流が勝っているとはいえ、根っこは暗黒騎士だ。暗闇は友同様だ。ふと思った。暗黒騎士ギルドの導師《ロード》はどうしているだろう。彼らのことだ。たとえ勝つ見込みが皆無でも、最期まで剣をふるうに違いない。心ゆくまで戦って、暗黒神スカルヘルに抱《いだ》かれるのだろう。

ユメの手首を摑んだまま、放していないことにランタは気づいた。いや、忘れていたわけではない。忘れるわけがない。

なんでだよ。どうして放せって言いやがらねーんですかァ!?　そうしてくれねーと、放せねーだろ。常識的に考えて。常識とか、こちとら関係ねーけども。

なんんか、話せよ。

虫の音に交じって、ユメの息遣いと、互いの足音しか、聞こえない。

「……ン」

ランタは足を止めた。

「はっ」

とユメが息をのむ。その直後だった。これは、犬か。

狼《おおかみ》だろうか。

るろぉぉぉぉぉん……というような、細い吠《ほ》え声《ごえ》がした。ランタは初めて耳にする種類の吠え方だが、ユメはそうではないようだ。

「お師匠！　お師匠やんなあ!?　ユメやあ！」

「――ああ！　やっぱりそうか！」

遠くから男の声が聞こえてきた。

「誰だ？」

尋ねると、ユメはあっさりランタの手を振りほどいた。

「狩人《かりゅうど》ギルドのな、ユメのお師匠でなあ、イックシマってゆうんやけどなあ！」

「……そ、そっか。つーか、ちょっと興奮しすぎじゃねーの、おまえ」

「だってユメ、うれしいからなあ！」

ランタは微妙にムカついている自分に戸惑いを覚えた。イツシマクンだかイックシーマンだか知らないが、ユメが狩人ギルドの師父《ファザー》にだいぶ懐いていることは前々から知っていた。無事が確かめられたのであれば、それは喜ばしいことだ。ムカつくようなコトじゃねーよな。うん。度量デカすぎなオレらしくもねえ。

やがて髭面《ひげづら》の狩人が八頭もの狼犬を従えて現れた。

「お師匠っ！」

ユメがぴょんっと抱きつくと、イックシマはうろたえながらも抱き返しやがった。

「お、おう、ユメ、よかった、まずはよかった……」

「はぐれてしまったからな、ユメ、めっさ心配しててなあ」

「俺もおまえのことは気になってたんだが、こいつらもいるし、いったんオルタナを脱出して……」

「狼犬たちなあ、ぜんぶちゃんといるやんなあ？」

「──わ、わかった！　わかったからッ！　おまえらくっつきすぎだっつーのッ！」

ランタは耐えられなくなって、思わずユメをイックシマから引き剝がした。ユメは不満げだったが、イックシマはむしろ、助かった、という雰囲気だった。

「あのな、ユメ。おまえを捜してからにするつもりだったんだが、その必要はなくなった。俺は黒金連山《くろがねれんざん》に行く」

「ふぉ？」

ユメは首をひねる。

「こめかみけんざん……？」

「聞こえねーよッ！」

ランタは自分がイラついているのか笑っているのか、よくわからなかった。

「コメカミケンザンじゃねえ！　黒金連山だろうがッ！」

「ゆうても、ユメはそう聞こえたからなあっ」

「……黒金連山にはドワーフの鉄血王国がある」

イックシマに言われなくても、そんなことはランタも知っている。

「——で？　ドワーフに知り合いでもいるのかよ？」

「俺の数少ない友だちのうちの一人がな。ゴットヘルド。気難しい男だが、いいやつだ」

「こんなトキだからこそ、旧交を温めとくって話じゃーなさそうだな」

「ああ。俺が思うに、オルタナは落ちる。エルフの都アルノートゥも、噂《うわさ》されていたとおりやられたんだろう」

「そいつはオレが保証する。……べつに保証なんかしたかねーがよ。アルノートゥが攻められた日、オレは影森にいたんでな」

「……そうか。だとしたら、いよいよ次は鉄血王国だ。ひょっとしたら、黒金連山が俺たちにとって最後の砦《とりで》になるかもしれん」

「警告しに行くってコトか」

「かつて人間族とドワーフは手を携えて死戦をともにした。もちろん、俺の知ったことじゃあない、……が、このままやられっぱなしってのも癪《しゃく》だからな」

イックシマはユメを見た。

「どうする？　一緒に来るか？」

「ユメは……」

迷い、考えあぐねるのかと思いきや、ユメはイックシマをまっすぐ見つめ返し、はっきりと首を横に振った。

「行かない。ランタが一緒やしなあ。それに、会いたい仲間がまだいるねやんかあ」

「そうか」

イックシマは残念そうにも、安堵《あんど》しているようにも見えた。おそらくだが、どちらの気持ちもあるのだろう。正直な男だ。

「おまえら、挨拶しろ」

イックシマに命じられると、八頭の狼犬がユメに群がった。狼犬に顔中を舐められたり、あちこちに鼻面を押しつけられたり、むやみやたらと体をこすりつけられたりして、ユメはたいそう喜んでいる。

「んにゃあ、ふちゃっ、狼犬たち、元気でなあ、ぬふふっ、ポッチー、またなあ」

「おい」

と、イックシマがランタに声をかけた。

「ユメを頼んだぞ」

「言われるまでもねーよ」

「……仮面で顔を隠してるあからさまに変なやつに、こんなこと真面目に言ってるこっちの身にもなれ」

「ケッ」

ランタは仮面を額までずらした。

「安心して、黒金連山でもどこでも行っちまえ。……達者でな。あんたが野垂れ死にしたら、ユメが悲しむ」

「ああ。生き延びるのは得意だ」

イックシマは狼犬たちを短い言葉と手振りだけで整列させた。大柄で、たぶん一番年嵩《としかさ》の狼犬がまず走りだして、森の暗闇へと消えてゆく。

「ポッチー……」

ユメは何か言いかけたが、狼犬たちを邪魔してはいけないと考え直したのだろう。口をつぐんだ。

狼犬たちがどんどん駆け去り、イックシマも続いた。別れを言わなかったのは、あえてだろう。イックシマの気持ちを思うと、胸にぐっときた。あんな髭男がユメに慕われている。その点はどうも気に食わないが、悪い男ではないのだろう。嫌いにはなれない。

狼犬たちとイックシマの気配を完全に感じなくなっても黙りこくっているユメに、よかったのか、と訊《き》こうとして、やめた。わざわざ確認するまでもない。いいと思ったのだから、ユメは残ったのだ。ランタと一緒にいることを選んだ。まあ、ランタもついていく、という選択肢もあるにはあったのだが、二人にはやらなければいけないことがある。

「……つっても、どうすりゃいいんだって話だがな」

ランタが小声で呟《つぶや》くと、ユメに笑いかけられた。

「きっとなんとかなるとユメは思うねやんかあ。ランタとだって会えたんやしなあ」

「ヘッ……」

そうだな、と応じた途端、この暗がりの中でユメと二人きりだという現実が今さらのようにひしひしと感じられ、ひどく落ちつかない気分になった。

「ど、……どうする。オルタナは、まァ、アレだし、すぐにどうするもこうするもアレかもしんねーけど、……おまえも怪我《けが》とかしてたりするし、疲れとかも……」

「そうやなあ。暗いしなあ。夜やしなあ？　ちょぴっと休んだほうがいいかもなあ」

「お、おう。だな。うん。オ、オレもな。クッタクタじゃねーけど、オレはタフだし、平気なんだけども、とはいえ休息は大事だったりするしな。うん……」

「寝よかあ」

言うなり、ユメはごろんと横になった。

「コッ、ここでかよッ、いきなりッ!?」

「あぁー。ユメなあ、どこでも寝れるのやんかあ。ここやったら、地面もかっちかちやないしなあ」

「……ま、まァ、オレだってどこでもオッケーだけどよ。鉄人だし……」

ランタも地べたに寝転んだ。ごつごつした岩棚の上で風雨にさらされながら眠ったこともある。それと比べたら、ふかふかの寝台みたいなものだ。

「おまえ――」

「ぬ？」

「……いや。なんでもねーよ」

話したいことは山ほどある。質問しだしたらきりがない。休むのではなかったのか。そうだ。心身ともに少しでも回復させる。それが最優先だ。具体的にこれからどうするのか。考えるのはあとでいい。

「ランタ」

「……ン？」

「あのなあ」

「おう。……何だよ」

「て」

「……あァ？」

「あ、じゃなくてなあ、手」

「手が、……どうしたんだよ」

「んんーっ」

と、隣で横になっているユメの手が、ランタの手にふれた。

ユメはランタの手を握った。

「こうしててほしいねやんかあ。……いい？」

「いッ――」

ランタは息を止めた。それから、細く長いため息をついた。

「……いいけどよ。べつに」

「そうかあ。よかったあ……」

ユメはだいぶ眠そうだ。

ランタは目が冴《さ》えていた。

あのさァ。

おまえよォ……。

コレな？　こんな状態でな？　眠れるワケ、なくね……？

＃2　怪物は囁く

　赤に近い紅茶色の瞳をした小柄な案内役に導かれて、螺旋《らせん》階段を上ってゆく。この螺旋階段自体が遺物《レリック》だということを、シノハラは知っている。遺物《レリック》でなければ何だというのか。この鉄とも石ともつかない階段は、暗くも明るくもない空っぽな空間をぐるぐるぐるぐる上へ上へとのびている。壁らしきものはない。ただ螺旋階段だけがある。

　果てなどないかのようだった螺旋階段は唐突に途切れて、森の中のような場所に出た。振り仰いでも、太陽も、月も、星も見えない。球状の照明器具が、木枝にぶら下げられていたり、切り株の上に置いてあったりする。

　案内役が振り向いた。

「ゴシュジンサマがきみを待っている」

　ぶっきらぼうにそれだけ言って立ち去ろうとする案内役を、ふと呼び止めてみた。

「名前は？」

「アリス」

「門外し卿《サー・アンチエイン》はいいご主人様かい？」

「信用したら化け物に変えられてしまいそうな人だ。人じゃないんだろうけど」

　案内役はうっすらと笑い、きみもそのうち化け物にされるよ、とシノハラに忠告した。

「もう化け物かな。半分くらい」

そう言い残して案内役はいなくなった。シノハラは開かずの塔の最上階を歩き回り、この塔の主を自力で見つけださなければならなかった。

主は安楽椅子に腰かけ、膝の上にのせた書物に空洞のような目を落としていた。山高で鍔広《つばひろ》の帽子を被《かぶ》らず足許《あしもと》に置いてあったので、シノハラは少し驚いた。安楽椅子のそばに立つ樹木はくりぬかれて書棚になっている。その樹冠は枝葉が絡み合って檻《おり》の様相を呈し、半裸の女が一人、閉じこめられていた。

「来たか」

サー・アンチェインは書物を閉じて、シノハラに顔を向けた。それが顔と呼べるものであるとすれば。まあ、顔ではあるのだろう。その面相ときたら海底より引き揚げられた溺死者のようだが、長く縮れた毛髪や髭《ひげ》は生気に満ちあふれている。今にも毛の一本一本がてんでんばらばらに暴れだしそうだ。

「晴れて辺境軍に参加することになりました。ご挨拶をと思いまして」

「きみがいてくれれば、何かと心強い」

サー・アンチェインはぎこちない動作で、それでいて音もなく安楽椅子から立ち上がると、書物を樹木の書棚に収めた。

「いかがかな。モーギス総帥の様子は」

「意気軒昂《いきけんこう》ですよ。あのかたは本気で王になるつもりのようです」

「王、か」

サー・アンチェインが右手を持ち上げると、どこからか白い杖《つえ》が漂ってきて、その手に収まった。

「いずれ不死の王《ノーライフキング》が目を覚まし、すべての王の前に立ちはだかるだろう」

「どこでお眠りになっているんです？　あなたの主君は」

サー・アンチェイン、――アインランド・レスリーは、ふふ、と声とも思えないような奇怪な音を発しただけで、答えなかった。

「……あなた、は……」

樹冠の檻に囚《とら》われている女がそっと言った。

「……誰……？」

「シノハラといいます」

笑いかけて名乗ると、女はうつろな目で、シノハラ、と繰り返した。

「……あなたは……あたしのこと……知っていますか……？」

「ええ。少しだけ」

「……あたしは……わからない。……名前、しか……」

女は首を振る。

「……だあく」

喚《よ》びだされたのか。女の胸元の前あたりに、それは不可視の扉を押し開くようにして現れた。黒々とした長い糸のようなものが絡みあう。またたく間に人めいた形をなした。

「それは――」

シノハラは目を瞠《みは》った。魔法の一種なのだろうが、初めて見る。

「下がれ」

サー・アンチェインが唸《うな》るように言った。とっさにシノハラはあとずさりした。

だあくとやらが、異音を放ち、逆巻くように揺らめきながら、大きくなる。

枝葉の檻がぶち破られた。女が落下する。

シノハラは一瞬、飛びついて女を受け止めるべきか迷った。いや、その必要はない。だあくが女を抱いている。

女はだあくに抱きくるまれて降り立った。

まるで、闇の翼をまとっているかのようだ。

「……あたしは……シホル……自分の、名前と……だあくのことしか……でも……」

女がサー・アンチェインに視線を投げかける。

「……言うとおりに、したら……帰れるって……」

「そのとおりだ」

サー・アンチェインはいつもそっけなく甘言を弄する。

この怪物には本心など存在しないかのように。

「望みが果たされれば、きみはもとの世界に帰ることができるだろう。きみがいた世界。本来、きみがいるべき場所に」

OVERLAP

灰と幻想のグリムガル level.16
さよならの訳さえ僕らは知らないままで

発　　行　2020年7月25日　初版第一刷発行

著　　者　十文字 青
発 行 者　永田勝治
発 行 所　株式会社オーバーラップ
〒141-0031　東京都品川区西五反田7-9-5
校正・DTP　株式会社鷗来堂
印刷・製本　大日本印刷株式会社

Printed in Japan ISBN 978-4-86554-700-9 C0193